藤沢周連作短編集

憶（おく）

藤沢周

春陽堂書店

憶(おく)

藤沢周連作短編集

目次

眼帯の下 5

無宿 31

影踏み 53

抱(いだ)き水(みず) 75

雪の塚 99

花時（はなどき）　121
言問（こととい）　143
帰途　167
鷺　189
忘れ潟（がた）　211

眼帯の下

もう白鳥もシベリアに帰ったのだろう。

茫漠とした田んぼを眺めているうちに、わだかまったように固まっている何軒かの民家や、幾重にも並んだ大型ビニールハウス、銀食器工場などが車窓のむこうをよぎり始める。昨年の冬に入りかけた頃は、冷え枯れた田んぼのあちこちに白い点々とした白鳥の群れが、土の中をついばんでいたのが見えたものだが、三月の中旬ともなって、北の国へと飛び立ってしまったのだろう。

まもなく到着するという新幹線の車内のアナウンスに、左の眼帯の位置を確かめると、マスクの紐との重なりが耳の付け根に痛くて、小さく舌打ちする。まばらな乗客が棚の荷物を取ったり、デッキの洗面所に向かったりと動き出すのを感じながら、自分もコートの袖に腕を通し、マスクをさらにしっかりと鼻柱に押しつけた。

「昼、エキナカで、へぎ蕎麦にしますか。それとも、古町（ふるまち）か駅南の……」

「なんか、俺ら、いかにも東京から出張で来ましたー、って感じだよなあ」

「っすよねえ」

若いサラリーマン二人組の会話を耳にして、マスクの内で唇の片端を上げる。新潟駅ホームにゆっくりと入った新幹線からは、在来線のホームが見えたが、そこにいる人々にとっては首都圏から来る者らは、いい迷惑に違いない。「何もこんな時期に、ウイルスをまき散らしに来なくてもいいねっかや」という声が聞こえてきそうだ。

自分とても実家のクルマの車検などがなければ、まず帰ってこなかっただろう。ましてや、左の眼瞼（がんけん）に霰粒腫（さんりゅうしゅ）とかいうデキモノをこさえて、切開する羽目になったのだから、帰省など難儀なことこの上なかったのだ。

ホームに出れば、それでも仕事や帰省や観光か、マスクをつけた乗客たちが新幹線から降りてきて、目を伏せながらエスカレーターに頭を並べている。スーツケースや大き目の鞄を持っている者たちを見かければ、感染者の少ない地方の人たちにとっては、牽制したくもなるだろう。だが、私の荷物はと言えば、ほんの数日の着替えとパソコンくらいで、小ぶりのリュック一つに収まっている。

在来線に乗って、顔なじみの多い生まれ育った町で降りても、幸か不幸か、このマスクと左目の眼帯である。目出し帽を被っているよりも、私とは気づかないのではなかろうか。せいぜい、幼い頃からある、右の眉尻の大きなホクロを知っている者くらいしか、私とは気づかない。

乗り換えの途中で寄った手洗いの鏡を覗いてみれば、なんとも奇怪な面相になっている。トイレや試着室などならまだしも、思いがけない所に鏡があったら、そこに唐突に現れたくたびれた初老の男を自分とも思わないのではないか。

鏡の端に映っている若者の小用を足す背中を見やり、また、手を洗う自分の面に視線を戻す。手の水を切って、眉尻の大きなホクロの突起に眼帯の紐を添わせ、マスクの中で乾いた笑いを漏らした。

顔の面積に比してあまりに白い覆いが占め過ぎる。これでは感染対策というよりも、喧嘩か事故でも起こして顔の不様な腫れを隠すために、マスクと眼帯をしているかのようだ。

ふだんは自粛だの、ステイホームだの、と家に閉じこもっているばかりであったから、マスクも眼帯もせずにいたが、あらためて鏡の中の異様な顔貌を直視して、おかしいやら、情けないやらで、今度は笑いではなく、溜息でマスクの内を湿らせた。

ただ、その鏡の中の顔というか、むしろ顔の隠れた様を見ていて、ふと、誰かに似ている、と思っている自分がいた。

——誰だったか……。何処かで、見た、ような……。

記憶の底を手繰ってみるが、どうにも思い出せない。昔のことだったか、最近のことか。テレビドラマででも見たのか、仕事関係の者か……。

いや、見たことがある、というのではなく、見たことがありそう、というだけのことかも知れない。眉間に力をこめて考えているうちに、頭の芯がうずうずと痒くなって、記憶を追うのをやめてしまった。

在来線の越後線のボックスシートに座っても、地元の者たちが私の前や横に当たり前に座ってくる。誰も自分が新型コロナウイルスの蔓延する首都圏から来た者とは、思ってもいないのだろう。ただ、大げさなほどに白いもので覆った顔を、気の毒にとでも思うのか、目が合ってもすぐに視線をそらされた。

車体の腹からがらんどうを感じさせる響きが伝わってきて、車窓を見やると、川幅の広い信濃川が燦然と光を跳ね返していた。まだ気温は冬のままだというのに、川面に反射するおびただしい光が小魚の群れのように瞬いていて、春の兆しを孕んでいる。遠く越後山脈の冠雪した稜線も霞がかかって朧に見え、関屋分水(せきやぶんすい)を通る頃には、すでに我が身も田舎の少年の呼吸をし始めるというものだ。

「……このあたりらったわねえ」

「ああ、そうらわねえ。ほんにねえ」

車窓を擦過(さっか)する水道局脇の松林を眺めていると、懐かしい新潟訛りを話す、隣の高齢の女性たちの会話が耳に入ってきた。

「ほれね、あの女の子、ほんにね、かわいそげにさ。なーしてまたねえ、あんた。親御さんは、どんげ、つらかったやら」

「そうらてえ。へえ、狂うほどらこてね」

全国ニュースにも連日流れた、あの悲惨な事件のことを言っているのだろう。

車窓をよぎる松林から視線を外すと、片方の目を伏せ、自らの膝元を見つめる。まだ小学生の幼い女の子が誘拐され、悪戯され、殺害されて、この越後線の線路の上に遺棄された事件があって、世間を騒がせた。あまりに凄惨で残酷な事件が、生まれ故郷の町の近くで起きたことが信じ難く、神奈川にいた私でさえ胸をえぐられるような想いだった。まして、事件などとは縁のないような平穏な土地に暮らす人々にとっては、衝撃的であったに違いない。さらには、犯人が事件現場からすぐ近くに住む、地元の若い男だったのである。

「なんか、分からん世の中らて」

「誰が、何すんだやら……」

もう一度、マスクの内で深く溜息をつくと、隣の二人の女性が一瞬体をこわ張らせたように思える。こちらをちらりと見て、互いに目配せでもしたのか、それから静かにもなった。事件のあった現場を通過する時に、何もわざわざそんな不幸な話を持ち出したりして不謹慎ではないか、と私が咎めでもしたかのようなタイミングだった。

また車窓の景色に目をやって、民家の屋根のひしめきの、さらにむこうに広がる褐色の田んぼや薄紫に霞む山並みの稜線を眺める。

いや、違う。

そういうことか、と合点が行って、右目の端だけで二人の女性をそれとなく確かめた。暖房の効いた車内には暑すぎるほどのダウンやマフラーの首元に、二人して布マスクをした顔を俯けている。

地元の女性たちは、マスクに眼帯、だぶついた黒のトレンチコートという私の恰好が怪しすぎて、話を途中でやめてしまったのではないか。

そう思うと、にわかに居心地が悪くなってきて、意味もなく背筋を伸ばしたり、咳払いをしている自分がいた。「おめさん方、そんげに俺が怪しげに見えなさるかね？」と、新潟弁で話しかけたいくらいである。

「あんた、今日、あれらかね、巻(まき)の医者らかね」

思いついたように、一人の女がマフラーから顔を上げて、相手に問いかけている。

「膝がだめらて、痛ぅてねえ」

「らったら、私は、内野(うちの)で降りるすけね」

私の生まれた町ではないか。ほれ、俺らわね、三番町の、文房具店をやっていた、神社近くの店の……、と腹の底で唸る。

その時だ。

洗面所の鏡の中の、自分に似ていると思った男が、突然蘇った。そして、薄汚れた包帯の手を伸ばしてくる、黒く大きな影に覆われたのだ。

鳥肌が立つほどの猫撫で声を出して、私たち子供に近づいてきた黒づくめの男。鏡に映る自分の姿は、まるでその男にいで立ちがそっくりではないか。

時々ふと思い出しては、あの謎の男は何者だったのかと記憶を追ったりしていたにもかかわらず、すっかり忘れていた。何度か自分は文章にもしていたはず。それなのに……。

もう五〇年あまりも前のことになる。私がまだ小学の二年生か、三年生くらいであったから、昭和四〇年代に入ったばかりの頃だ。近くの神社や、町に流れる新川（しんかわ）のほとりなどで私たち子供が遊んでいると、何処からともなく、黒づくめのずんぐりした男がやって来て、「坊ちゃーん、いいっ子」と奇妙なほど柔らかな声を出しては、手を伸ばしてきたのだ。

片方の目には眼帯。口元はやはりガーゼマスクで覆っていたのだが、そのどちらもいつも薄汚れていた。さらに眼帯の上に、黒縁の丸眼鏡をかけてもいた。頭には左右に垂れのついた黒い頭巾のようなものを被り、寺坊主の袈裟のようにも、ゆったりとした黒いトンビコートのようにも見える、だぶついた衣を着ていた。その伸ばしてくる右手は薄汚れた包帯が巻かれていて、もう片方の左手には確か軍手をはめていたと記憶する。

「坊ちゃーん、いいっ子……」

丸眼鏡や眼帯、マスクで、何歳くらいなのかも分からず、顔の造作などもよく見えなかったが、それでも笑っていたのは分かった。目尻の皺なのか、声音なのか、笑みを帯びさせて、その「いいっ子」という、山なりになる独特のイントネーションで近寄ってくる影に、私たちはちりぢりになって逃げたのである。

「また、坊ちゃんいい子が来たろーッ」と。

中には、怖さから体が固まってしまい、動けなくなった友達もいたが、包帯からわずかに覗いた指先で、頭を撫でられるくらいのことだったが。

時代もあったのか、それとも土地柄なのか、私の生まれ育った町には、風変りな者が少なくはなかったことは確かである。童らに笑いながら近づいてくる、眼帯とマスクの黒づくめの男など、別に珍しくはなかったのかも知れない。

日本海と田んぼに挟まれた小さな漁師町は荒っぽい土地ではあったが、割烹や蔵元が多く、私が幼い頃は、芸者さんたちの三味線を稽古する音が朝から聞こえてくる土地だった。

そんな町に、リヤカーにおがくずを山盛りに積んで銭湯に運ぶ、おかっぱ頭にそばかす顔の年齢不詳の女や、雪の降りしきる冬でもモンペにゴムサンダル、薄い肌着だけの姿で、ぶつぶつと文句をいいながら彷徨する女がいた。「貴様ーッ」と叫んでは、自らの頬を平手打ちし続ける男。宇宙と交信しているという神がかった、恐ろしいほど白い顔の夫婦。

酒に酔って銃をぶっ放しながら歩く老いた猟師もいた。

風変りで危ない人たちには違いないが、いずれも、何番町の誰々の父だの、稲荷町の耳鼻科の倅だの、居所は知れていたのである。「また、あそこのもんが、騒いでるんだかや」と眉をしかめるほどのことだった。

それに比べれば、「坊ちゃーん、いいっ子」の男は、暴れるわけでも、危害を加えてくるわけでもない。ただ、その風体や雰囲気が、どうにも私たちの町の人間とは違う、異質なものだったのだ。

幼いなりに私は、親に連れて行ってもらった古町の繁華街や新潟駅前で見かけた、傷痍軍人なのではないかとも思っていた。男の眼帯や包帯を巻いた手が、そう思わせたのかも知れないし、黒い袈裟のような服から、埃や線香や鉄錆の混じったような、おかしなにおいがしていたこともある。

義足や片腕や、あるいは両足を失って路面をいざるようにしている傷痍軍人がまだわずかにでも街角にいて、ハーモニカなどを吹いていたりしたが、彼らのすべてが本当の軍人だったかどうかは分からない。背広を着た、いい大人が爪楊枝で路面に落ちている煙草の吸い殻を突き刺し、吸っていたり、小皿の醬油に輪ゴムを浸して、ちゅーちゅークチャクチャやりながら酒を飲んでいたりする時代だったのである。今から思えば、まだ、街の所々に終戦直後のような影が残っていたのだ。

そんな時空から流れてきたのが、「坊ちゃーん、いいっ子」の男だったような気がしてならない。もちろん、幼い頃の私には言葉になどできなかったが、生まれ育った町には、市内でも辺鄙な土地ゆえの何か生活のしたたかさがあったから、それとは色の違う、傷痍軍人のような男が異人（まれびと）にでも見えたのだろう。

「……あのぅ、これ」

背後から声をかけられた気がして振り返ると、通過した改札口を、制服を着た女の子が小走りに追いかけて来た。高校生くらいか。黒いウレタンのマスクをして、スカートから覗いた膝が果実のように光っていた。

「今、落としました」

「え？　俺の？」と、女子高生の手元のカードらしきものと、光を溜めた涼しげな目元を交互に見る。すぐにも新幹線の領収証だと分かった。自動改札に切符を通す時に、一緒にコートのポケットから落ちたのだろう。これでは首都圏からたった今やってきたのがあからさまだな、と思いながらも、「ありがとぅ」と受け取った。

眼帯にマスクという顔は表情も分からぬだろうが、女の子はひょこりと小首を突き出すと、制服のスカートの裾を揺らして駆けて行った。

「……嬢ちゃーん、いいっ子。嬢ちゃーん、いいっ子……、だな」

マスクの内で小さく笑いながら、遠近感のおぼつかない足取りで、駅の階段を下りた。

自分が幼い頃よりも、ずっとひっそり、静かになってしまった町並みを歩く。商店街と言われていた通りも、人をほとんど見かけぬほどになったが、それでも昔のままの酒屋や古い洋品店、地元のタクシー会社やラーメン屋が残っていて、その軒の間を若者が作った新しい食堂や居酒屋がいくつか見られた。

横断歩道の盲人用の誘導シグナル音が、寂しげに鳴るのを聞きながら、弥彦（やひこ）街道と言われていた道沿いをゆっくりと歩く。どうにも、足取りが黒づくめの男になり、胸中で「坊ちゃーん、いいっ子。坊ちゃーん、いいっ子」と繰り返している有様である。

まだアスファルトも敷かれていなくて、凸凹と起伏した土の道の時代もあったのだ。ボンネットバスやトラックも車体を揺すって走ってはいたが、時々、荷役馬が暢気（のんき）に通り、大きな馬糞を落としていったこともあった。その道の端をとぼとぼと歩いてくる、「坊ちゃーん、いいっ子」……。

一体、あの男は何者だったのか……。

親にももちろん聞いたはずなのだ。「あの変な人は、誰なん？　どこのもんなんで？」と。

はっきりとは覚えていないが、ただ、脳裏に浮かんでくる夕飯時の断片は、珍しく父親が早く帰ってきていて、一緒に食卓を囲んでいる時のものだ。私の問いに、親父はウイスキーグラスを口元にやったまま母親を見て、母親の方も箸を宙に止めて、親父を見た。一瞬のことであったが、互いに目を見合わせてから、母が口を開こうとするのを親父が制して、「とにかく、かまわんで逃げて来ればいい」、というようなことを呟いたのを覚えている。幼心にも、何か触れてはいけないことなのか、やはり、傷痍軍人のかわいそうな人なのか、と思ったことを記憶している。後になって、在野の良寛研究者か何かだと聞いた気がするが、本当のところは分からない。

古いサインポールの回る床屋を過ぎ、今は閉じられている精肉店、苔の浮いた白壁の続く蔵元を行くと、割烹の隣にある神社が見えて来た。

「……坊ちゃーん、いいっ子……」

片方の目を細めて見やれば、神社の水の涸れた手水舎の横で、子供たちが四人ほど、歓声を上げて遊んでいる影が見えるようだ。よく集まった場所……。年季が入って白っぽくなったゴム引きの合羽。それを樽の口に張ったのを囲んで、しきりに腕を振り、ベーゴマ遊びをやっているのだ。

「あ、坊ちゃんいい子ら！」と、声を上げて一目散に境内のあちこちに離れていく子供たち。口の欠けている狛犬の後ろに隠れる子もいれば、古い社の階を駆け上がる子もいる。「こっちらわやー！」と囃しながら横にスキップして逃げていく子や、境内の外に飛び出していく子もいた。だが、そのうちの一人の男の子だけが、ベーゴマの樽の横で足を踏ん張りながらも、近づいてくる私をじっと睨み上げている。

「坊ちゃーん、いいっ子。坊ちゃーん、いいっ子……」

できるだけ優しく、女のような猫撫で声を出して、男の子に近づいた。

額の右側だけ艶やかな髪の毛が跳ねた頭。淡い力を込めて、吊り上げている右の眉尻のホクロ。その子の頭に包帯の手を恐る恐る伸ばそうとしたら、いきなり強く、幼い手で撥ねのけられた。そして、男の子は一歩後じさると、何かを取られまいとするかのようにズボンのポケットを押さえ、ぎこちない姿勢で身構えたのだ……。

そうだった。

私は男の伸ばしてきた包帯の手を、思いきり払ったことがあったはずだ。親に、とにかく逃げて来い、と言われていたにもかかわらず。いつも右のポケットにはベーゴマ、左のポケットにはカバヤのジューＣというお菓子の空のカプセルを押し込んでいた。鑢をかけて角を強靭にしたベーゴマはもちろん大事な宝物だったが、お菓子の円柱形のカプセルは……。

マスクの中で思わず笑いを漏らして、幼い頃の、かなり風変りだったであろう自分を思い返す。

腕時計型のトランシーバーを作ろうとして、ボール紙の小さな円盤から釘のアンテナが飛び出るものをこさえ、悦に入っていたり、まだハンダ鏝も扱えぬのに、高校生の従兄を真似てトランジスタラジオ作りに挑戦し、参考にしていたまともなラジオをハンダだらけにした。神社の裏にあった材木置き場に秘密基地を作り、そこから抜け出せなくなったり、ドロップキックを習得したくて、一日中何処でも宙を飛んでは全身青痣だらけになったりもした。あるいは、乾電池を金づちで壊して、二酸化マンガンを取り出したり――。二酸化マンガン……。そんな何十年も口にさえしなかった化合物の名前が、ふいに脳裏に浮かんできて、自らの記憶のあり方に呆れもする。

これも従兄に教わったことだったが、二酸化マンガンと過酸化水素水を混ぜ合わせると酸素ができると聞いて、取り憑かれたように試験管の中で酸素を泡立たせていたのだ。その過酸化水素水なるものを親に薬局で買ってもらったのか、自分で買ったのか、従兄から分けてもらったのかは、よく覚えていない。だが、必死になって水上置換とかいうやり方で酸素を集めて、カバヤのジューCのカプセルに収めていたのだけは、よく覚えている。

あの時、自分は「坊ちゃーん、いいっ子」の男に、酸素カプセルを奪われるとでも、思ったのではないだろうか。猫撫で声で近づいて来て、包帯の手で頭を撫でるふりをして、隙をついてポケットの中のカプセルを奪いにきたのではないかと。何故なら、カバヤのジューCの酸素カプセルは、ベーゴマ以上に、私の宝であり、武器であり、友達を救う大事なものだったからだ。

私が必死になって、酸素を集めるようになったのは、いつも一緒に遊んでいたワタルという親友が死んでからだった。沢崎……ワタル……。ザリガニを川辺で取っていて、水深一〇センチという浅瀬で溺れ死んでしまった。てんかんの発作が起きて、うつ伏せで倒れてしまったらしかった。

生まれて初めての友人の死は、あまりに衝撃で、また怖く、親の話では半月以上、私はうなされていたらしい。ワタルが息をすることができなかったこと。一〇センチなどという水の深さで死んでしまうこと。いつも遊んでいたワタルが、横にいないこと。それらの恐ろしさで気がおかしくなりそうで、もしもワタルが呼吸できていたら、と切迫して、乾電池の二酸化マンガンの黒い粉を取り出していたのだ。

幼い親友が亡くなった新川、そこにかかる橋が見えてくる。帰省するたびに泥の色をした川面を眺めて、ワタルのことを時折思い出してはきたが、彼のために集めたカバヤのジューCの酸素カプセルまで記憶が蘇ることはまったくなかった。黒いコートを着て、マスクに眼帯をした自分だからこそ、そんなことまで思い出したのだろうか。

とろりとした光を揺らめかせている新川は、相変わらずミルクコーヒー色をしていたが、昔のように葦が群がって島になって流れていることもない。時々、毛が抜けた犬や腹を膨らませた豚の死骸が流れてくるような川だった。

「向こう岸まで、石、投げられっかー」

「そんがスルメなんてなくても、ザリガニ、捕まえられるろー」

「この町にも、ぜってえ、ケムール人っているわや」

葦の生えた川辺で足首を濡らしながら声を上げている子供たちを想っていて、「ああ、あの子たちは、マスクなどする必要もないんだな」と、微笑んでいる自分がいる。勉強などまったくそっちのけで、釣りやベーゴマや「ウルトラQ」に登場する怪獣たちの方が重要だった。

欄干に手を添えて、橋の下を覗き込むと、遠近感の狂った川面に自分の頭の黒い影が揺れて、波紋に乱れている。ゆがんではちぎれ、くっついては揺らめく。川面の影に目を凝らしていると、何か影が生き物のようにも見えてくるが、光の加減で時々白いマスクと眼帯をつけている自分の顔が浮かび上がった。

マスクと眼帯の男は、無邪気な子供たちが単純に可愛く、頭を撫でたかっただけかも知れない、とも思う。私たち子供は、その異様な姿を見て、すぐにも逃げ出したりしていたが、町の見知らぬ爺ちゃんや兄ちゃんたちに声をかけられては、よく話したり、遊んだりもしていたではないか。

吃音混じりにもかかわらずお喋り好きだったワタルなど、よく大人の男たちとやたら楽しそうに話して、知らぬ大人たちについていきそうになることもあった。ワタルには、父親がいなかったせいもあったか。母子家庭だったから、父親のような人を見ると、やたら懐いていたようだったが、あのマスクと眼帯の黒づくめの男に対しては……。

いや、ワタルは、「坊ちゃーん、いいっ子」の男とは、話していない。知らないはずだ。あの男を見かけるようになったのは、私の左ポケットに酸素カプセルが入ってからのことだからだ。

「ライブって、そんなん、東京から来んなよな」

「せめて、無観客だよなあ」

「配信でいいんじゃね？」

橋を歩いて来る若者の声が聞こえて来たが、私のすぐ近くで無言になるのが分かった。息を詰めるようにして歩く気配を背後に感じ、通り過ぎると、「でも、アルビレックスの試合はリアルで見たいよなあ」とまた話し始める。

欄干から頭を起こして若者の後ろ姿を見ると、二人とも学生服にスニーカーを履いていた。近くの高校の生徒だろう。一人はスポーツバッグの持ち手に腕を通して、リュックのようにかついでいて、もう一人は大げさにバッグを振りながら歩いている。なんでもない高校生の姿が微笑ましいが、やはりこの田舎でも、対面の授業や部活などは制限されているのだろうか。

「難儀なご時世だよな……」

マスクの内でぼそりと呟いていると、海の方から、まだ冷たい風が川面を渡って来て、はだけていたコートの前を閉じる。ただ、わずかにだが、風の中に春の兆しの細い層が紛れ込んでいるようで、月が明ければ新川の両岸に沿う桜並木も満開になるのだろう。

親の写真の並ぶ仏壇に急ぎ蠟燭を立て、火を灯してから、すぐに眼帯とマスクを外した。視界の明るさが一気に変わり、ひんやりとした清廉とも思える空気が肺に入ってくる。今まで、狭い空間にでも閉ざされていたかのようだ。小さな解放感を味わって深呼吸したが、それこそ、いざという時のために、秘密兵器の酸素カプセルを携帯していた方が良いだろうか、と苦笑する。

洗面台で念入りに手を洗いながら、左目の瞼の腫れを確かめ、頰やこめかみにくっきりと残ったマスクや眼帯の紐の痕を指先で撫でる。ざらついた不精髭の感触に、口角を下げ、鏡の中のべしみが眉間をよじり上げた。

「いやー、それにしても……すっかり、年寄のツラだな」

一人、誰もいない実家に声を響かせていた。どうせマスクをして見えないのだから、と髭も剃らずに出てきたが、すでに白いものの方が多い。

あの「坊ちゃーん、いいっ子」の黒づくめの男も帰宅したら、薄汚いマスクも眼帯も丸眼鏡も、頭を覆っていた頭巾も外して、鏡の中の自身を覗き込んだであろうか。硝酸銀のシミが浮いたような古く曇った鏡に見入ってから、しばらくして、男は自らの充血した目を睨み、かさついた唇の片端をゆっくり上げる。

「坊ちゃーーーん、いいーーー子」と、今度は子供たちが聞いたこともないような、恐ろしく低い声で唸り、おもむろに振り返ると、自室に入って、押し入れの戸を開ける。そこには……。

死体が山のように積まれていたという、能「安達ケ原」の山姥の庵でもあるまいに。くだらぬ妄想をしながら、黒づくめの男を演技して右手を前に差し出しながら家の中を歩く自分は、一体何歳になるというのであろう。

情けなさに苦笑しつつ、もう一度仏壇の前に座り、揺らめく蠟燭の炎に線香をかざす。細い薄紫の煙が立っては、途中から蛇腹になってわななき、煙を広げているのを見ているうち、しばらくして炎も煙の筋も澄んで静かになる。蠟燭の炎にほのかに照らされた両親の写真を見ていて、とうに親父の齢を超えてしまったのだな、と嘆息したい気分になる。

「……なんだか、なあ……。すみ、ません……」

思わずそんなことを呟いていた。

どうにも年齢が分からなくなり、三〇代になっている自分がいたり、実年齢をはるかに超えたような喋りをしている自分がいたりもして……。そして、何よりも、幼い頃に戻っていて、放心の内にも当時の細かな景色や空気のにおいや光の濃淡を生きていることが、最も多くなった。

しまいには、幼い自分が、眼帯とマスクという難儀なものをかけて帰省している、初老男の夢を見ているのではないかとさえ思うのだ。そんな夢を見るのも、黒い袈裟のようなものを着て、マスクと眼帯と丸眼鏡をかけ、私たちに猫撫で声で近づいてくる、あの気色の悪い男がいるせいだ、と。

背筋を伸ばして一回深呼吸をしていて、一体、何歳の私の息遣いなのであろう。小さな呻き声を上げて仏壇の前から立ち上がると、リュックを探って抗菌剤入りの目薬を取り出した。

車検のためにクルマをディーラーまで運転する時は、さすがに眼帯は外した。だが、近場のコンビニや郵便局に行くにも、荒れ放題になったった庭のちょっとした手入れをするにも、眼帯とマスクはかけっぱなしである。

隣近所の者たちは、閉め切っていた実家の玄関戸が開いたり、車庫のシャッターが上がったりするのだから、私が帰省したのは分かるだろう。何もこんな時期に帰省しなくても、と思っているのだろうが、それでも通りで会う町の者たちが気づくことはないようだった。三日ほどの間に、新川沿いを歩いたり、河口にある漁港や懐かしい神社、小学校の裏山に足を延ばしたりしたが、マスクや眼帯で端から初老男の素性など分かろうはずもない。

曇天の下をコートの両ポケットに手を突っ込み、肌寒さに首をすくめて町中を歩いているうちに、ふとほのかな温かさをマスクの頬に覚えて、歩を緩める。見れば、昔から鮮魚商をやっている魚角という店が、店頭で浜焼きをやっていた。五十嵐浜の砂を集めた炉に炭火を焚き、その周りに串刺ししたカレイを並べて焼いているのである。懐かしさに立ち止まって見ていると、薄く焦げたカレイのいい匂いがして、しかも炭の熾火が顔や首元をほのかに炙ってくれ、少し冷えていた体にはありがたかった。

「おや、懐かしねえ。帰って来たん？」

店の奥からいきなり女性の声がして、顔を上げると、灰色のニットの帽子を被り、タートルネックにダウンベストを着た初老の女性が立っていた。

履いている傷だらけの白いゴム長靴や発泡スチロールの箱を抱えている姿は、明らかに魚角の者だろう。ただ、唐草模様の入った紺色のマスクのせいで、誰か分からないが……、うん？　その悪戯っぽく笑う目元は……。

「誰らか分かる？」

「……八重、子、らろっか」

「らよー」と、さらに目尻に幾重もの皺を集めて、その初老の女は笑った。小中と同じ学校に通って、クラスも何年も一緒になったことのある八重子だった。

「あれ？　なんで、八重子は、店にいんだや」

「ほら、うちのお父さんが、去年、脳溢血で倒れてさー、家が近くらすけ、手伝いに来てるんだがねえ」

新潟弁の訛りが強い喋り方に、おのずと安心して、自分が首都圏からやってきた迷惑者であるのを忘れてしまいそうになる。

「おうよ。親父さんかあ。大変らなあ」

紺色のマスクの上で笑っている眼差しを見ていると、確かに同級の八重子に違いなかった。それにしても、と、年齢を重ねた女性の目元を見ながらも、老いたのは自分も同じかと、マスクの中で密かに唇をゆがめた。むしろ、自分の方がはるかに老けて見えるはずなのだ。

「しかし、よう、俺のことが、分かったねっかや、こんげ……」

「いや、最初、違うかなあ、思うたけど、なんか、雰囲気で分かるこてさー」

「雰囲気、でねえ……。ああ、あと、このホクロか」

右の眉尻を指先で弾くと、眼帯の紐がずれる。

「でも、どうしたん？　目」

「ああ、ちと腫れてしもてさ」と眼帯の位置を直してから、指先で表面の細かな凹凸を撫でた。

「こんげマスクに眼帯して、分かるもんらかやあ。これらと、ほら……」と言いかけて、八重子が覚えているわけもないかと、一拍置いた。八重子はハマグリの入った発泡スチロールの箱を、冷蔵台の角に預けている。

「あの、俺らが小さかった頃に……、黒い袈裟みてえの着て、眼帯とマスクに丸眼鏡の……」

若い頃の面影が残った八重子の眼差しが、きょとんとしている。一体、この男は何訳の分からぬことを言っているのか、といった表情だった。

「ほら、女の子には近づかんかったみてらけど、俺たち男の子に近づいてきて、『坊ちゃーん、いいっ子』、言うて……。なんか、良寛の研究者らったみてえらが……」

「『坊ちゃーん』……？」と八重子はニット帽の下の眉根を寄せていたが、すぐにも、「あぁッ」と細めていた眼が見開いた。

「良寛って、あんた、何言ってんだー。沢崎さんらろ？　五十嵐二の町に住んでた」

「……沢崎……？　沢崎って、ワタルの……？」

「何言うてん。ワタル君のお母さんらねっけ。あんた、ワタル君とよう仲良くしてたわあ。いっつも一緒に遊んでいたねっけ」

……ワタル君……の、……お母さん……？

頭の芯を引っ張られるような眩暈がして、八重子の紺色のマスクや、浜焼きのカレイの並びや、冷蔵台に並べられた竹ざるの上の魚などが、片方だけの視界にめちゃくちゃになって回る。

……おふくろさん……？

「かわいそげらったよねえ」

「……」

「ほら、ワタル君があんげになって、もう何年になるー？　四〇年？　五〇年？　沢崎のお母さんもねえ、あれから、新川に飛び込んでしもて、死んだんだわねえ……」

「え……!?」

「ほんに、気の毒らったわねえ」

八重子の話があまりよく入ってこなかった。私はワタルの家に遊びに行ってワタルの母親にお菓子を貰ったことも、何か面白い絵柄の入ったノートを貰ったこともあった、はずだ。朧げながらも、優しくてワタルに似た二重の目のはっきりした面影が、浮かび上がってくるようで、静かに目を閉じる。

「……ワタルの……お母、さん……」

八重子には、またいずれ、町に残っている友人たちと会おうか、とても話して別れたと思うが、町の通りを歩く自らの足取りがおぼつかない。

板金屋の前を過ぎ、昔、荒物屋で、今は市議会議員のポスターが貼ってある事務所の前を歩く。油とゴムのにおいのする自転車屋、いつのまにか一家して夜逃げしたという空き家、ミシン屋もなくなって建て替わったアパート……。

とぼとぼと歩いているうちに、ミルクコーヒー色をした新川まで来ている。橋の袂に釣り竿や網を持った子供たちが見えるようで、私は片方の目を細めて光が散乱している中の子供たちの影を眺める。

おどけて体をくねらせている子、アニメソングを音程の外れたままがなり立てている子、くたびれたグローブを頭の上にのせている子、ベーゴマの入った箱を抱えている子……。

――坊ちゃーん、いいっ子、坊ちゃーん、いいっ子……。

せめて可愛い頭を撫でてやりたくて、目尻に笑みを溜めて近づいていく。顔を隠すための眼帯の下は、川の水面の光が揺れているばかりだ。

無宿

住宅街の舗装された道路から、側溝をまたいで脇の小径に入れば、すぐにも山へとつながるようだ。

人と会うこともなかろう。用なしのマスクをジーンズのポケットにねじ込み、すでに木立で鬱蒼とした影の下を登ってみる。

噎(む)せるような青い草いきれと、肌にまとわりついてくる湿気。散策する人たちの足の痕跡があるとはいえ、冬の間に堆積した落ち葉や奔放に伸び始めた草の群れで、足元がおぼつかない。鎌倉の山径は何処も少し足を踏み入れれば、半ば獣道にも似て、山の瘴気(しょうき)にこちらの身が侵されそうにも思える。

「こんな所にも、径があったのか……」

あてどなく散歩に出て、わが破れ屋のある町名とは違う住宅街を少し歩いてみれば、山への小径があった。素通りしてもいいものを、物好きにも足が向くのだから仕方がない。

小径の入口は、葉の茂る樹木の重なりやおびただしい雑草のひしめきの中、わずかに息を吹きかけて開いたかのような洞にも見える。狸やハクビシンが通るだけの径にも思え、一歩二歩と進んだだけでも方向感覚が狂いそうな感じがするのだ。

「天園みてえなハイキングコースならまだしもよ、鎌倉の山を舐めちゃ、だめだぜ」

「俺らは、ちょいと入るにも、ロープを必ず持っていくからな」

自治会の集まりで、湯呑茶碗の酒を傾けながら高齢の先輩方が話していたのを思い出す。そんな大げさな、と聞き流してもいたが、昔はGPS機能がついたスマートフォンなどあるわけもなく、実際に遭難した者も年に何回か出ていたのだという。

「俺は、いつもよ、この酒と塩を持ってな、浄めながらな」

鎌倉の地は何処もかしこも、掘れば人骨が出てくる。戦、戦で恐ろしい数の武者たちの血と無念を吸った土地だから、霊を鎮めながらということなのだろう。

「屍の蔵、で、鎌倉だからな」

手つかずの原生林のような山が鎌倉に多いのは、むろん地元民としては知っているものの、少し登っただけで、繁茂する樹々の葉や草のいきれで、呼吸が粘ってくるのだ。

一〇分程登ると、どう進めばいいのかと迷うほどに、凄まじい雑草で径が隠れるようになる。人の足の名残に目を凝らしながら進めば、艶やかなシダが奔放に葉を広げていたりして、図体の大きな節足動物の類が膝や腰元に襲いかかってくるかのようだ。頭上は椎や杉や山桜などの枝々に覆われて、蔦が幾重にも絡まり、垂れて、乱雑に編んだ網の目にも見える。

腐葉土のクッションに膝の力を抜かれ、靴を時々滑らせながら登るうち、雑草やシダに隠れた薄く細い径が三方に分かれているように見えた。

さて、どちらに抜ければ良いか……。

先を見ても杉や椎の幹がひしめいていたり、山桜の巨木の枝がくねりながら横切っていたりして、見通しが利かない。

東西南北の見当はついているものの、明月院の方はこちらか、あちらか。むしろ、建長寺に近いのか。径から外れて闇雲に歩き、繁茂する草に隠れた崖の縁から円覚寺の裏庭に滑落して亡くなったという地元の人もいる。せめて、径として見分けのつくところを行った方が良かろうと、首を突き出し、足元に目を凝らしながら、獰猛に生い茂る草や黒土と化した落葉を踏んでいく。

そのうち、気まぐれな自分の足取りが何やらおかしくなってきて、静かな山中で一人、くぐもった笑い声を漏らした。

「……迷ったりしてな……。または、徘徊……」

時々、街中にある広報のためのスピーカーから、行方不明になった高齢者の衣服や身長などの特徴を告げるアナウンスがあるが、そのハウリングと時差のある谺の声が脳裏をよぎる。

——年齢は六二歳。中肉中背。黒のポロシャツに、ジーンズ……。

地元の人間が小さく低い山の中で迷うなど、お笑い種であろう。だが、ふと、自分がさらに歳を取り、帰る場所を探してうろついているうちに、山径に入っているということもありうると思った。

帰ると言っても、今住んでいる鎌倉の家ではなくて、故郷の家に帰ろうとでもするのだろうか。いや、故郷の家に帰っても、まだ帰る所を探して、「違う、違う」とさまよっているというのも考えられる。

「あんたは、それにしても、いっつも、何処に行こうとしてたんだろうかねえ?」

もう三〇年も前に亡くなった祖母が、私を笑っているようにも、不憫に思っているようにも見える表情で聞いてきたのが蘇る。私はすでにその頃は中学生になっていたと記憶するが、話は幼い頃のことなのだ。

「うーん、分からん……」

そう答えたであろう。

ほとんど覚えていないのであるが、私はとにかく何処に行くのか分からない子供だったらしい。気がつけば、もはや祖母や親の目の届かない所をさまよっていて、町の外れまで行くこともあれば、南側に広がる田んぼの畦道に佇んでいたり、五十嵐（いからし）浜の砂丘をとぼとぼ歩いていたりしたのだという。あまりに放浪癖がひどいものだから、いつも私の胸には、住所と名前の書かれた身許票のような布が縫いつけられていたらしいのである。

「……何処に行こうと、してたんかなあ……」

足元に粘る雑草をかき分けて、さらに鎌倉の山中を進んでいく。

物心がつく、四、五歳の頃のことだったろうか。かすかに覚えていることがある。一体自分は何処まで行けるのだろう、とでも思ったのか、闇雲に歩き続けたことがあった。

幼児にとっての世間の範囲は、大体半径三〇〇メートルくらいのものであろう。毎日遊んでいる神社、店頭で浜焼きをやっている魚屋、三味線を抱えた芸者さんが出入りする割烹、巨大な樽がいくつも転がっている酒蔵、犬や豚の死骸まで流れてくる泥色の新川(しんかわ)……。

それよりもさらに先へ先へ、足元だけ見つめて歩いてみたことがあったのだ。あえて周りの景色は見ずに、足元を流れる地面と自らの足取りだけを見つめて歩くのである。

土や小石や草や、地面の様(さま)が次々に流れるのを見ていると、目の錯覚でそのうち地面が生き物のように感じられてくるのだ。六〇年ほど前の田舎町に住んでいた幼子は、まだ映画などというものを観たことがなかったが、投影された映写フィルムのような面白さを味わっていたのではないだろうか。

何時間もの歩きに足も疲れ、さすがに周りが薄暗くなり始めた頃になって、ようやく顔を上げた。

⁉

自動車の整備工場や大きな家具屋、ひっそりとしたガソリンスタンドに、仏壇屋……。まったく知らない風景に尻もちをつきそうなほどに驚き、「どうしよう、どうしよう」と喉の奥をクークー鳴らしながら、溢れてきそうになった涙をこらえたのだ。

「もう、かえれねかもさん……」

帰れない。これは幼子にとってはとてつもなく恐ろしいことである。だが同時に、何か奇妙な甘美さが全身を包むかのように感じたのもよく覚えている。何者かが大きな柔らかな袂で天上から優しく全身を覆ってくれるような感触といえばいいか。

「……なんとも、気色の悪いガキには、違いない、か……」

首を傾けて山桜の古木から垂れた蔓をよけ、顔に触れそうになった笹の葉群れを手で払う。枝蔭に何かよぎったが、鳥なのかリスなのか。還暦を過ぎても、訳も分からず鎌倉の山中をさまよっているのだから、幼子の頃と変わりはしない。

「……もう、帰れねかもさん……か」

結局、幼い私は道路を走ってきたダンプカーに手を上げて、気の優しい兄ちゃんに家近くまで乗せてもらったのだった。

大体、厳密な意味で帰る所などというのは、現世には存在しないのではなかろうか。そこにすでに死んだはずの親がいようが、兄弟がいようが、ただいるというだけの話で、自分が本当に落ち着く場所ではないと感じてしまう気がする。

「仮の宿りとは……また、うまいことを……」

幼子がとぼとぼと歩き続けて、ふと目を上げたら、鎌倉の山の中にいたわけである。

そんな愚にもつかぬことを思いながら、径ならぬ径を下っていると、よじれ、節くれた桜の老木の幹の合間から、黒っぽい甍の波が光って覗いた。大きく勾配のある屋根に見えるが、あれを目安に下っていけば、人家のある所に出て場所の見当がつくだろう。

枯草やシダの葉が足に絡むのもかまわず、えぐれた窪みを頼りに体重をかけたり、露出して濡れた岩に足をわずかに滑らせたりして下っていく。貪婪で畸形の蛸の足のような樹々の根。地にはびこり、這いまわる毛細血管の根の段をちまちまと踵で踏み、朽ちて苔筵に覆われた倒木をまたぐ。

「これは……また、難儀な……」

と、ようやく樹々の隧道を抜けたような明るさが開けてきて、どうやら寺らしき本堂裏に出たようである。その隅に年季の入った小さな五輪塔や地蔵がいくつも並び、梵字の刻まれた塚も見える。何より大きな瓦屋根が庇の影を深くして、見上げれば入り組んだ斗栱がひしめいていた。

「……待てよ……ここは……？」

本堂裏から脇を通り、日差しで白っぽく見える境内に出てから、身体の向きを変えて見渡してみる。ここは……昔一度訪れたことがある古刹ではなかろうか。

「こんな所に、つながるわけか……」

山中を迷い歩いて出た所が、思いがけずも、来たことのある寺だという小さな驚きもあったが、むしろ、径がつながったのは違う記憶の方である。


もう一〇年ほど前のことになるのだろうか。

仕事絡みで新潟の佐渡島に行った。新潟市が故郷の自分には佐渡は馴染みであろうから、と回ってきた仕事だったろう。佐渡に行って、歴史ある宝生流本間家の能舞台や、鏡板に日輪が描かれた、珍しい能舞台を持つ大膳神社、江戸時代に掘り進められた金山遺跡、船大工の村である宿根木の古い家並みなど、いわゆる観光スポットを見て回り、紀行エッセイのようなものを書くことになったのだ。

「どうでしょう、佐渡。二、三泊と言わず、なんなら一週間でも」

「温泉もけっこうあるから、湯治もできるかもだよねえ」

「佐渡で湯治！　いいじゃないですか。それを切り口にしても、いいですよう」

観光PR会社からの依頼の電話にうなずきながらも、新潟出の自分にとっては、佐渡は幼い頃からキャンプや合宿などで何度も訪れている地。さほど目新しい所があるわけでもない。むしろ、県外出身のライターにレポートさせた方がよほど新鮮ではないかとも思ったのだが、それでも久しぶりの佐渡である。

「俺一人で、気儘にやらせてもらっていいのかなあ。カメラマンさんは？」

「ぜひ、お願いしたいんです。写真はほんとに、スマホで十分です。何枚かショットを送っていただくだけで」

「自由に回っていいんですよね？」

「もちろんです」

交通費も宿泊費も甘えさせていただけるというのだから、ありがたい。行程についても、こちらの勝手にできる。

ジェットフォイルで一時間の距離とはいえ、毎回行くたびに島全体を覆っているような神の気というのか、結界に入る感じがある地。思わず厳粛な気持ちになってしまうのが、佐渡という島である。何か新しい発見ができるかも、とおもむくことになったのである。

「相川金山近くの駐車場の、ある地点に立つと、必ずひどい眩暈に襲われるんですよ」

やはり新潟市出身の後輩が真顔でそう言うのを、

「そこを掘ったら、新たに金が出るんじゃないか」

と冗談で返したことがあったが、行くたびに何かしらが起こる地。

磁場の強さか、長い歴史が沈潜した地霊のせいか。万葉歌人の穂積朝臣老の遠流から始まり、順徳上皇や日蓮、日野資朝、世阿弥などの、政治や宗教、文化を牽引してきた者たちが多く流されてきた土地は、その血涙だけでなく魂の何がしかを沈め、秘め続けている聖地でもある。

何より巨大な島。佐渡の海岸線を一周したら、東京・名古屋間の距離くらいはある。昔、作家の太宰治が新潟高校での講演のついでに、佐渡島に船で向かい、あまりに大きな島影が見えて来たのに驚いて、「あの島は何という島ですか」と他の乗客に聞きたくなったというのだから、おかしな話である。

それほどに広い佐渡の、何処を回るか――。


佐渡島に着いて、まず向かったのが、東北端の、萱草(かんぞう)の花が咲き乱れる二ツ亀。別の惑星に来たのではないかと思えるほどの奇岩がひしめく尖閣湾。翌日は、トキの森公園などという、ほのぼのとした所まで巡りつつも、開基八〇〇年代の今にも崩れそうな古刹の数々や、寂びれた神社にある茅葺屋根の能舞台、金山や宿根木の集落なども見て回ったのだ。

「いかがですか、遠流(おんる)の気分は?」

佐渡に来て二日ぶりに聞いた電話のむこうの若い編集者の声が、冗談を言っていたが、少し引っ掛かるものがあった。

「……遠流?」

「あ、いえ、すみません」

私は佐渡島に住む人々の気持ちで聞いたのだろうか、それとも……。

はるか昔、都から流され、この地に眠る者たちの祈りや想いが迫ってきたように思えた。

自分は新潟出身とはいえ、住んでいる所はすでに相州鎌倉である。時の権力者であった鎌倉殿に抗して流されてきた人々にとっては、憎き敵のようなものであろう。

「もう一通り回ったから、帰るかなあ」

「いやいや、まだ、もう少しゆっくりされても」

「じゃ、また明日、ちょっと回ってみて、決めます」

翌日、朝食を取ってから、旅館に置いてあった観光マップにあてどなく視線をさまよわせた。

真野御陵、蓮華峰寺、矢島・経島……。キリシタン塚、妙宣寺、正法寺……。

地図の中でさえさまよって際限がないのだから、実際に歩き出したら、佐渡の山奥で途方に暮れることになるか。ただでさえ強い磁場に頭の中の地軸を狂わされていて、地理というよりも現実からさまよい出ることもありうる。気づけば、彼岸と此岸の間を漂うていることも……。

もはや、紀行文のためのスポットは巡ったのだから、やはり鎌倉に戻るか、と思った時、ふと小さな文字が目に入った。目を凝らさねばならぬほどの文字で、「水替無宿の墓」とある。

……これは何だろう？　無宿人の、墓……？

江戸時代に佐渡金山に送り込まれ、深く暗い坑内の水汲み人夫となった無宿人らが、過酷な労働の末に事故で命を失い、祀られた墓らしい。

可愛らしい朱鷺やたらい舟に乗る海女のイラストがついている観光マップによれば、佐渡金山とかつての奉行所を結んだ細い街道沿いにある京町や大工町を越え、さらに山へと登った奥にあるらしい。

それまで何度も佐渡には来ているのに、初めて知る無宿人の墓。これが目に留まったのも何かのご縁であろうか。どのような所かは知らぬが、ここは懇ろ(ねんご)に参るべきだろうと思った。

「無宿人の墓まで、お願いします」

「無宿……人の墓？　水替無宿の墓ですか……？」

と、中年の地元タクシー運転手の気の乗らない応え。

くたびれた制帽にワイシャツ姿の運転手は、地元で長いことタクシーの仕事をしているのだろう。物憂げな言い方やルームミラーに映る緩い眼差しには、中々の鈍いしたたかさがあったと記憶している。

「……何、か……？」

「いやいや」

運転手の逡巡するような言い方が気になったものの、山道の幾重ものカーブに慣れたハンドルさばきに感心もして、身をシートに任せた。また矩形のルームミラーをちらりと見やれば、ほぼ半眼の、寝ているような眼差しをしていたが。

星霜を感じさせる京町、大工町の街並みを眺めながら坂道を上っていく。こぢんまりとした家々が軒を並べてひしめいているが、道に人の姿もなく、ひっそりとした寂しい村の風情だった。

と、運転手がルームミラーの中で鈍い視線を上げ、後部座席の私を確かめて言うのだ。

「お客さん……本当に、行くんですか」

「え？　水替無宿の墓が、何か？……それは、何……行かない方がいいということですか」

「いや……うーん、まあ、途中までしか、クルマは行けませんがねえ」

この運転手の「いや……うーん」という言葉には、通行上以外の想いが含まれているに違いない。

「先は歩きますよ」

「大体、あんなとこ、誰も行きませんけどねえ」

あんなとこ？　物好きな観光客が、とても胸中唾棄(だき)しているのかも知れぬし、また、佐渡ならではの曰くがあるのかも知れず。鎌倉の地でも、遊び半分の参詣は遠慮してください、という立札のある矢倉もあるではないか。

それでも、引き返すなどバツが悪く、途中でタクシーを降ろされた自分は、細い苔むした石段の径を上ることになった。

上っていくにつれて、佐渡杉や当檜（あてび）の木の枝々が鬱蒼と径の上に覆い被さり、足元の苔も水分をじっとりと含んでくるのが分かった。森のひんやりとして尖った気が肺腑を刺して、咳き込みそうにもなる。腐植土の堆積した黒土の黴臭さ。と、顔の半分を蚊柱なのか、虫の羽音が絡んだりして、手で払う。

「いや、これは、中々の、坂、では、あるな」と独り言を漏らしているうちに、右にわずかに平地になった薄暗い所があった。

……水替無宿の墓、か。

樹齢のかさんだ黒々とした樹々の幹に囲まれ、洞のように見える平地に、かなり風雪にさらされた墓石がいくつかひっそりと並んでいるのが見える。片合掌して墓地の結界に静かに入っていくと、初めて無音を感じて、それでも上ってきた時は、鴉の鳴き声だの、葉のざわめきだのを聞いていたのだな、と気づかされる。

苔やら斑の黴、ナメクジの這った光の筋……。いくつかの古い墓石の表面は、刻まれた文字さえもよく見えない。それでも墓前で頭を垂れ、人夫の名や出身地の摩耗した刻みに、もう一度合掌する。

金山の人足たちの中でも、無宿者というのは人別帳に名のない者。つまりは、あてどなく江戸や大阪、長崎などの町をさまよっていた住所不定の者たちのことだ。何も罪を犯した者ばかりではなく、たんに治安上、捕らえられて佐渡の金山に送り込まれた者たちもいる。

「俺も……分からなかったか……世が世なら」

まだ真っ当に暮らしていた頃は、まさか自分が遠い北国の佐渡島に流されて、坑内の水浸しの暗い奥底で命を落とすなど考えもしなかったに違いない。

江戸や越後、上州、伊賀……二八人であったか、若くして事故に巻き込まれた亡者の無念を想いながら墓前から下がって、後ろを振り返れば、杉の幹の間から遠く、「道遊（どうゆう）の割戸（わりと）」と呼ばれる山が見えた。

金脈を掘り進めた挙句に一つの山が割れて、M字型の稜線になってしまったのである。それがこの墓所から見えるというのも切ない話だと溜息を漏らしながら、私はタクシーの待っている下まで降りたのだ。

「……どうでした？」

「………」

「……次は、何処、行きますか……？」

「両津港」

「両津……？　なにや、帰るっちゃ？」

初めて運転手が帽子の庇を上げ、ルームミラーの中で目を見開いて、佐渡の方言を使ったようだった。

「帰ります」

「……そうけえ」

旅館で荷物を取り、両津からジェットフォイルに一時間ほど乗って新潟港。まだ老母が健在だった実家にも寄らず、新幹線の時間まで駅前の寿司屋で一杯やって、自宅のある神奈川の鎌倉に戻ったのである。

自分でも分からぬまま、急に憮然とした想いで佐渡島から帰ってきたこと自体が、妙だったのだ。まだいくつかの観光スポットを回れたにもかかわらず、何を焦って鎌倉に戻ってきたのだろうかと。


そして、翌日、都心での会議に向かおうと、大船駅から上りの東海道線に乗った。その時——。

どうにも体が重くなって苦しい。頭上から鈍く押さえつけられているかのような感触と、足首に錘でも結びつけられているのかと思うほどに、体が言うことを聞かないのである。そのうち顔から血の気が引くのを感じ、眉やら唇を動かそうとしても表情筋がこわばる。

――……なんだ、これは……？

掌で頬や首元を確かめれば、凍りかけた生魚のように肉が硬直してきているのだ。

――……これは行くな、ということか……。

前日の移動の疲れもあって会議になど行きたくないと、身体が反乱を起こしているのであろうと思ってはみたが、吐き気や体の強ばりが半端ではない。しまいには、自らの体の内側から金属的な臭いがふくらんでくるのだ。

さほど混んではいない車内の乗客に視線をやっても、スマホに目を落としていたり、車窓に頭を預けて眠っていたり、幼い子供と絵本を覗き込んでいたり……。いつもの車内の風景で、何か異変があるわけでもない。異変は自分一人の内に起きていた。

――やばい……やばい、な。

心筋梗塞の前触れであろうか。それとも、脳溢血か。などと大げさなことまで考えているうちに、電車は次の戸塚駅のホームに滑り込んでくれた。ドアが開くと同時に人々の間を転がるように降りて、ホームにうずくまってしまったのである。

「ああ、すみません……今日の会議なのですが、ちょっと体調悪く……」

電話をする自分の声さえも遠く、一体何処から声を出しているのか。

何年もの間、健診すらも怠って喫煙やら深酒やら、あるいは一丁前にストレスなども重なったか、ついに体が悲鳴を上げたのだと思った。

周りの人々の視線など気にする余裕もなく、ホームのベンチにずり落ちそうな恰好で座り続け、三〇分ほどしてからなんとか踏ん張って立ち上がった。そのまま、また下りの電車に乗って大船駅に戻ることになったのだ。

これはとりあえず、近場の内科医院にでも寄って、診てもらうべきか、とおぼつかない足取りで駅の階段を下りた。駅前の信号を渡り、すぐにも内科病院の看板が目に入ったというのに、私はそこを通り過ぎている。

威勢のいい声を張り上げる魚市場や、ふんだんに野菜を陳列した八百屋、ラーメン屋に、整骨院……。

人で賑わった雑多な商店街を抜け、引きずるような足取りで行けば、大船中央病院の建物が見えてきて、待ち時間は覚悟せねばならぬが、そこで診てもらうかと、横断歩道を渡る。だが、私の足はまたも病院脇を通り過ぎて、電気メーカーの工場の横を歩いているのである。

「何をやっている……何をやっている……」

我が足はどこに向かっているのか。幼稚園、小学校のグラウンド、老舗の和菓子屋、住宅地……。

まったく当て所がない。これでは迷子になってばかりいた幼い頃に戻ったかのようである。ある年齢を超えると幼児帰りするというが、それが来たのか、それともまさか徘徊に似たものであろうか。

――本日午前一〇時過ぎ、鎌倉市に住む男性の行方が、分からなくなっております。年齢は……。

病院に行かないのであれば、家に帰って横にでもなれば良いものを。だが、重い足がとぼとぼと進むのだ。徘徊とは、それでも記憶の馴染みの場所を探して迷うことであろうが、自分はただ歩いていることを装いつつ、意味不明に陥った自身を騙しているのだと思った。

向かう場所も定まらず、ただ軋むような足取りのまま一時間ほど歩き回っているうちに、山近い谷戸の古い人家の並ぶ道に入っている。来たこともない、まったく知らない谷戸の景色に茫然とし、なぜか自分はその先の、樹々の緑から覗く甍の屋根に目を細めている。

「……寺、か……?」

訪れたこともない古刹に、自分の足は向かうようなのだ。

「鎌倉に住んでいて……なんで、今さらお寺なんだ……」

そう思いながらも、足をひきずって息もたえだえに近づいた。

「……まさか、な……」

境内の入口近くの塚に梵字の石碑が見えたから、禅刹ばかりの鎌倉では数少ない密教の古刹なのであろう。

「いや、そういうことも、あるかも知れん」

両脇を躑躅に挟まれた短い敷石の参道を歩く。殊勝にも息を整えて、こぢんまりとした古い本堂の前まで行き、重苦しい腰を折って丁寧に礼拝する。階を上って、合掌。そして、私は自らの背後にゆっくりと首をねじった。

佐渡から背中にすがりついて来たのであろう、相州鎌倉出身の水替無宿の霊に、声をかけたのだ。

「着きましたよ」と。

同時に、息も絶え絶えになるほどの重さを覚えていた体が、嘘のように軽くなった……。

ずいぶん前の記憶の奥へとさまよっていて、その心の内へと向いていた眼差しを戻せば、古い入母屋造の本堂の屋根瓦を眺めていた。ふとした時に、佐渡金山の坑道で亡くなった水替無宿を思い出すことはあったが、結局、あの佐渡紀行の文章は活字にもなっていないのである。

「字数を少しオーバーしましたが、書いてみました……」

「あ、あ、そうですね。一応、預からせていただいていいですか?」

「……一応? 預かる?」

その観光PR会社の親会社が、投機に失敗して莫大な負債を抱えてしまったというのだった。今のように観光産業の資金調達が限界にきて、「あきらめ倒産」をしたというわけではなく、東南アジアのカジノ関連に手を出したせいらしかった。

あの若い担当編集者が今どうしているかも分からない。佐渡取材を「遠流」と冗談を言っていたが、むしろ私は最初から、赦免状でも持って流人の引き取り役を仰せつかったようなものである。

「まあ……そんなこともある、か」

腹の内から浮き上がってきた笑いの泡粒に、口元を緩める。賽銭を取り出そうと、ジーンズのポケットに手を突っ込めば、縒(よ)れたマスクが出てきて、おもむろにゴムを耳にかけた。

五円玉を投げ、礼拝。合掌。

「……着きましたよ……」

なにゆえまた、しばしさまよった山径からこの寺に出たのかは、分からない。

影踏み

淡い黄色。胡桃（くるみ）色。煉瓦に似た色……。

一〇月に入って、日ごとに色様々な枯葉が路面を覆うようになった。掃いても掃いても、朽ち枯れた葉は秋風に誘われるのか、枝を離れて、舞って、地に落ちる。

桜の落ち葉の複雑な色合いに見とれていて、ふと顔を上げれば、まだ葉をつけているものもあるとはいえ、節くれて繊細な枯れ枝が空の罅（ひび）にも、黒い稲妻にも見える。

老い桜の枝々が秋空に凝（こご）っているのを見るのは、狂い咲いて爛れたような満開の景色よりいいのではないか。冬になれば、もっとその枝先の鋭い影は濃くなるのだろう。

まだ時々暑さがぶり返したりする初秋だが、マスクの内にあった真夏も、晩夏も、何をやっていたのか。人にも会えず、また仕事もはかばかしくなく、記憶に残るものがないのである。と思ううちにも、あたりまえのように物憂く寂しげな秋がやってきて、ますます心が鬼灯（ほおずき）の膿んだまま枯れ萎むようになるのだろう。

午後の秋空を這う枯れ枝の模様をぼんやり眺めているうちに、目の端に人影が入る。乗るわけでもないので、その影の主に目をやり、前へどうぞと手で示した。鎌倉山のさくら道を歩いていて、途中のバス停に古びたベンチがあったから、その端に座って小休止しているまでのこと。

「どうぞ。前へ。……休んでいるだけですので」

不思議そうな一瞥をくれて首を突き出し、前に行く学生風の若い男の後ろを、「まああ、お疲れで」とマスクの中で優しげに声を籠らせる老女が続く。和の稽古か、それとも寺でも巡るのか、海老茶の和コートに砂色の疋田柄の着物。裾元から小鹿の蹄のような小さな白足袋が覗いていて、何か目をそらしたくなり、視線を遠くにやった。

道を挟んだ向かいのバス停の方を見ると、六、七歳くらいか、幼い男の子が白く細いポールにしがみついている姿があった。さっきから何かやっているな、と視野の隅には感じていたが、他に五人ほどの子供たちも歓声を上げて、近くで戯れていたものだから目に留まらなかった。

どうやら駐車禁止の道路標識のポールによじ登ろうと、必死の形相で頑張っているようなのだ。

——子供というのは、しかし……。

まだ腕力が足りないのだろう、上に掲げた両手でポールを握り、身体を持ち上げようにもうまくいかない。その場でとつとつと小さなジャンプを繰り返している。

――色々、遊びを見つけるものだなあ。

そのうち、飛び上がったスニーカーの両足裏でポールを挟む。地から足が離れたはいいが、柳の葉先にしがみついた蛙のような恰好になって、じっと動かず、またすぐに地に降りる。

――ありゃ、そのうち、急所を打つな……。

周りで動き回っていた友達が数人やってきて声をかけると、ポールから潔く離れて一緒になって駆け回り、よく分からぬ声を上げては笑っている。だが、またしばらくすると、一人で戻ってきて、細い標識ポールによじ登ろうとするのである。これを飽きもせず何度も繰り返すのを眺めていて、「……大事なことだな」と低くマスクの中で声を漏らしている自分がいた。

「本当にねえ」

私の横に浅く腰かけた先ほどの疋田柄の老女が、いきなり応じてくる。虚をつかれて女性を見れば、「元気でいいわよねえ。ほんとにねえ」と目尻に皺を寄せながら布マスクをうごめかせた。

自分もマスクの上の目だけで笑って、「ですよねえ……」などといい加減に答えている。マスクに籠らせた自分の言葉が、そのまま老女の耳に届いたとも思えず、子供たちを見て、「元気だなあ」とつぶやいたとでも思ったのであろう。

他の子供たちは、すでに足を地面に突き出したり、身体をねじって逃げたり、いきなりしゃがみ込んだりしていて、新しい遊びに興じていた。一人の子などは、桜の老木の影に隠れて、「ヘイヘーイ!」と甲高い声を上げて、鬼役を挑発しているようだ。

今でも影踏み鬼などやるのか……。

「あら、影踏みかしら……」

全くバラバラの動きをした不思議なダンスのようにも、ボールのないサッカーをやっているようにも見えて面白い。

「……です、かねえ」

子供たちの遊ぶ姿を見ていて、自らの脳裏にも幼い頃一緒に遊んだ仲間たちの影がうごめき始め、歓声を上げる。

ベーゴマ、野球、ザリガニ獲り、缶蹴り鬼、影踏み……。

町の神社や新川(しんかわ)のほとりで、毎日同じような遊びをやっていたのに、少しも飽きることがない。

電気店のガンちゃん、魚屋のケン兄(にい)、肉屋のトシ坊、水深一〇センチの川辺で溺れてしまったワタル、泣き虫だった荒物屋のツトム……。

思わずマスクの内で小さな笑いを漏らしていると、標識ポールの方にすがりついていた男の子がとうとう諦めたのか、地面に足をついたのが見えた。でんでん太鼓のように両腕を振って体に巻きつけながらベンチの方に戻っていく。

どうやらポール登りを諦めたのではなく、バスがやって来たのにいち早く気づいたらしい。彼に続いて皆がそれぞれベンチの上に投げ出していたランドセルやバッグの山から、自分の持ち物をこなれた仕草で取って、到着したバスの車体の裏に隠れた。

子供たちを乗せたバスが出ていくと、白いポールだけが一本取り残されている。一気に小さなロータリーが静まって、つい今さっきまでの喧騒が嘘のようだ。誰もいなくなったベンチや、ひっそりと立つ標識ポールを「取り残されている」などと感じる自分は、還暦過ぎのいい歳にもかかわらず、あまりに感傷的ではないか。苦笑を嚙み殺していると、こちらにもバスが緩い道のカーブに車体を揺らしながらのっそりと現れた。

「ああ、来た来た。来たわねえ」

バスは停車すると、歯の間から強く息でも漏らしたかのような音を立てて、ご丁寧にも車体の左側を下げる。高齢者や幼い子供たちのために、乗車口のステップを低くして差し伸べてくれるのだ。

「それでは、お先に……」

着物の老女や何人かの客を乗せて、車体の腹のスピーカーから「あーい、出発いたしぁーす」とよく聞き取れぬけだるいアナウンスを漏らすと、バスはまた歯の間から息を吐き、低いエンジン音とともに出て行った。

——もう誰も、俺にはよじ登らんのだな……。

ベンチに残された自分は、向いの道路標識の白い細いポールを見ながら、コートのポケットからスマートフォンを取り出した。まだ、子供たちの遊ぶ姿が残像のように動き回るようだが、なにゆえ子供の頃には、影踏みなぞに夢中になったのか、とも思う。

スマートフォンのディスプレイに連絡先の画面を出して、スクロールする。

カットサロン田畑。

影踏み鬼は、逃げ回る友達の体にタッチするのではなく、地面に潰れたり、伸びたりしている影を踏む。素早くすり足で影に差し出せばいいものを、あたかも地面に影を串刺しにするようにして固定させようとするものだから、踏みつける動作になる。それがいかにも荒く、残酷な感じにもなって、子供の頃の自分など「なんでそんげ踏み方すんだや！」と、鬼役の友達と喧嘩になったこともあったが……。

「カットサロン田畑でございますぅ」

どうも自分の影を、身体の影というよりも、魂の影のように思っていたのではなかろうか。ふと、太陽が雲に隠れたりすると、すーっと周りの気温が一気に下がっていくようで、自分たちだけしかいなかった現（うつつ）に戻されて、皆で奇妙な面差しで目を合わせたものだ。

「おまえ、いたのか」「おまえも」と。

自らの形のない魂が、影となって見えていたものと戯れていたのである。

「一一時に予約していた、鎌倉の……」

「ああ、どうしたい、今頃ー。なんか急用だったかい?」

不要不急だけで生きている者に、急用などあるわけもないが。

「いや、途中まで行ったんですけどね……」と、どういうわけか自分でも思ってもいない嘘が口から出た。昨日の晩に独酌が進み過ぎて、目が覚めたら、すでに一〇時を回っていたのだった。単なる寝坊、それだけだ。

「途中までって……。電話の一本も入れてくれりゃあ」

「いや、すみません。ちょっとね、具合が悪くなってさ」などとも言っている。たいした嘘ではないけれども、何かどんよりしたものが体の内にわだかまる。たった一枚の薄い不織布で鼻と口元を覆っただけで、目元のみの作り笑いを浮かべたり、無愛想に無口になっていたり、言わなくてもいい嘘をついたりしているのか。

「いやいやいやいや、それはいけねえな。なんだよ、熱があるとか?」

むしろ、そっちの自分の方が本当なのであろう。マスクがなければ、さらに自分というものは自身の奥に隠れている。世間様に晒している顔相など、まったくあてにならない。

「いや、熱なんかないんだけど、どうにもだるくてさ……」

ベンチに座る自分の影が凝って、枯葉の落ちた歩道に斜めに傾いている。ずいぶん、自分で思っているよりも年寄じみた輪郭に思え、スマートフォンを耳にしたまま、まじまじと見つめた。

まるで他人のようではないか。鏡に映るかのように、黒い影に自らの顔や首元を想像してこちらを向かせていたが、わずかに横を向いてみる。マスクをした鼻の先や額から眉の盛り上がりが、黒い輪郭に現れた。

「いやいやいやいや、それは休んだ方がいいよ。……咳とかは？」

まだ、それでも左手を自分の顔の横にやっている影はこちらを向いていたが、ふと、自分に背中を向けていると思おうとした時、影が他人として生き始めた。

「ない」

自らの後ろ姿を頭の中でなぞってみたり、写真に写っているものを見たりしても、「まあ、そんなものだろう」と感じる程度であるのに、影の後ろ姿となるとまったく別人の息をし始めて、そのうち叫びたくなるような混乱がくる。

「……そりゃ、良かった。何しろ、店の前を、あんた、スーッてよ、通り過ぎて行くもんだから、おいおい何処へ行くんだよって、嬶ぁと話してたんだよぅ。なんか買い物だろうって」

「店の前……？　買い物？」

「散髪やめるんならよ、一言声をかけてくれりゃいいんだよう」

「なあ、田畑さん……。俺、店の前なんて行ってないですよ。大体、戸塚にも行ってないよ」

「ああ？」

スマートフォンの奥から何か擦るような音が聞こえ、店の奥にでも声をかけているのか、遠く籠った声がする。

自分が隣駅の戸塚にある、カットサロン田畑の前を通ったたって……？

あまりにおかしくなって、笑いでマスクの不織布をへこませたり、ふくらませたりした。こんな険悪な人相の、還暦過ぎの男に似ている御仁が、世の中にはいるものだろうか。まあ、世界には三人、自分と瓜二つの人間がいるというが。

「あんただと……思ったがなあ」

「そんなに似ていましたか」

「いや、あんただったなあ、どう見ても……」

「俺の影の方が、行ったのかも知れませんがねえ」

「おいおいおいー」

向かいのバス停にいた子供たちは、やはり、倍の人数で遊んでいたことになるのだろう。自分のものとはいっても、影はまた別の息をしている。

昔は影踏みという遊びを、月明りのもとでやっていたらしいから恐ろしい気がするではないか。

老杉に囲まれた村の小さな神社の境内か、荒れた茅葺屋根の古い寺にある参道か、枯れ芒の群れた空き地か……。

宵に幼子らが集まること自体幽界めくが、暗さに目が慣れ、友らの、あるいは知らぬ子の顔も、白く朧に浮かび上がってくる頃には、足元にくっきりと黒い影がわだかまっている。

——はーじーめッ。

その人擬き(ひともどき)のいびつな影を、いきなり踏む。思いきり踏み込むのか、さらりと地を掃くように藁草鞋を滑らせるのか。散りゆく子供、しゃがむ子供、杉の幹に隠れる子供。昼の影踏み鬼とは違って、何かはしゃいだ声も上がらぬ気もして、草履のすばしこい音と短く吐き出す息の音だけが、闇のあちこちをよぎる。

「……で、田畑のご主人」と、歩道の影の男が秋空を見上げる。

「明日とか、明後日とかは……?」

「うーん」

鬼から鬼へ。いつ誰が鬼になったかも判然とせぬまま、煌々とした月の光に洗われているうち、身に残る前世の自分が浮き出てくることもあったのではないか。

「分かった。じゃ……、念のため、一週間後でいいさ、お願いします」

影に止め(とど)めを刺された童自身は痛みもくすぐったさも感じないのに、踏まれてしまった、捕まったと、心に響くところが影踏みの不可思議さである。引き潮や南中時刻などの時には、今際(いまわ)の者が天空に引かれるようにして逝きやすいというのを聞いたことがあるが、月明りで地に這うている影は、すでに我が身から離れようとしているのかも知れない。それをかろうじて足元でつなぎとめているだけなのである。

そんな時刻に影踏み鬼をやって、踏まれた童の顔を見れば、もはや白目を剥(む)いて気を抜かれたようにも、あるいは同時に、髪を振り乱した邪鬼に変化して小さな牙を覗かせているかも知れない。

「母ちゃん、今、帰ぇったよー」と、影の方だけが帰ってくるなどということも……。

そんなことを思って、路面に傾く自らの影のゆがみを見ているうち、ふと頭の奥の方から聞こえてくるのは、遠い祭り囃子の音……。

何だ？　新潟甚句(じんく)か？　内野小唄？

いや、むしろ、その囃子の音に紛れてかすかに聞こえてくる、童らの囁き声の方だ。

針金を一心に巻いていたケン兄が、私のかけた声に日焼けした顔を上げて、分厚い唇を半開きにしている。目を剝くようにしているものだから、白目の部分が目立って、驚いているのが分かった。

「ツトムが……帰って、きた……って、おめえ」

町の酒蔵の空きスペースを使わせてもらって、毎年秋祭りのための山車に載せるキャラクターを作っていたが、その時もウルトラマンのハリボテに着手し始めた頃だった。木材で骨組みを作り、そこに針金をふくらませて巻き、色付けした紙を貼っていく。ほとんどの作業を子供たちが手分けしてやることになっているのが、昔から町の伝統だった。

「ほんとらよ。昨日、ツトムが神社に来てや。たまげたれや」

奥に並ぶ巨大な酒樽の横では、年上の中学生たちが太鼓と篠笛を練習していて、その音でよく聞こえないのか、ケン兄が立ち上がって小麦色の顔を近づけてきた。二つ上のケン兄は夏休みの間に私よりもずっと背が伸びた感じで、傍に来ると気圧される感じすらあった。

「ツトムが、何処にらって?」

「神社。三区の神社に来た」

「……おめえ、だって、ツトムは、もうとっくにいねえねっかや」

そうなのだ。ツトムは、いつも毎日のように一緒に遊んでいたというのに、ある日突然いなくなった。ツトムだけではなくて、その親も、私の家からすぐ近くにあった小さな荒物屋の店も、一夜のうちに中身が空っぽになったのである。いわゆる、夜逃げということになる。

私よりも二つ年下で、何をやってもドン臭かったせいか、よく上級生たちにいじめられて泣いてばかりいたが、私とはよく遊んだ仲だった。神社でやるベーゴマや缶蹴り鬼や、新川でのザリガニ獲りなど、仲間たちの足手まといにはなったが、それでも私たちについてきては外が暗くなるまで一緒に遊んでいたのだ。

ただ、家でどんな生活をしていたのかが、まるで分からない。遊びに行っても、荒物屋とはいえ、店頭にぶらさげられたタワシの束と壁際に置かれた鍋や釜、床に工具が散らばっているだけの小さな店だった。

その職人さんであるツトムの父親も数度しか会ったことがなく、母親の方はというと一度も会った記憶がない。

「らけど、昨日、ツトム、神社の階段のところに立ってて……」

ツトムがまったく何も言わずいなくなったのは、その年の春先のことだったと思う。学年もクラスも変わる新学期が始まる前だったか。あれだけ一緒に遊んでいたのに、突然消えてしまったツトムに、何か裏切られた想いがしたものだが、他の仲間たちも同じ気持ちだったのではなかろうか。

親に聞いても、行方も理由も知らないと答えるだけ。ツトム自身もひょっとして、その夜に何処か違う町へ行くなど、聞かされていなかったのかも知れない。そして、寝ぼけ眼をしばたたかせて、事の成り行きに気づいて初めて、せつなげな顔で、小太りの体を左右にねじりながら、また泣いたのかも……。

「なんで、ツトムが、こんな時に、戻ってくんだや……」

「分からんわや」

「で、しゃべったんか?」

「しゃべらん。ツトムは神社の脇を回って、遠くから俺の方を見て、縁の下を指差したんさ。ほら、あの……」

そう言いかけると、ケン兄が血相を変えて、山車に上ってウルトラマンの足を固定していたトシ坊を見やる。

「トシ坊! トシ坊!」

ケン兄の張り上げる声は、他の作業をしている子や囃子の練習をしている子らを振り向かせるほどの大きさだった。怒られたとでも思ったのか、トシ坊が首をすくめて自分たちの方を見ると、山車を下りてくる。

スペシウム光線を放っているはずのウルトラマンの軸足が、山車の台から浮いて、頼りなげに揺れた。


その前年の秋祭りの時だ。

山車を引き、太鼓を叩く。まだ柳柄の浴衣も着せてもらえない、青いハッピ姿の小学生だというのに、大人たちからお神酒までもふるまわれた。錫杖(しゃくじょう)の先を地面に叩きつけながら町を練り歩き、区内の自慢の御神輿を得意になって先導していたのだ。私たちは背が足りなくて神輿など担げないが、時々、井桁に組んだその担ぎ棒に上らせてもらったりもした。

その時に間近で見た金色の飾りの数々……。

もちろん、それがどんな意味を持つのか、名称なども知らなかったが、私たちには宝物のようにしか見えなかった。巴の台輪紋や細かく入り組んだ桝組、屋根に反り返った蕨手や吹返し巴などの、豪華絢爛とした金色の光のきらめきに、見惚れるばかりだった。

そして、金色の小さな鈴でも巴の飾りでも、一つでいいから欲しい。どうしても欲しい。あの金色の鈴や巴の紋という守り神の宝物があれば、なんでもできるに違いない。そう本気で焦がれたのが、私とケン兄とトシ坊、そして、ツトムだった。私たちだけの、秘密の特別な紋章にしたいと思ったのだ。

祭りの間は、夜中でも神社の扉や蔀戸が開けっ放しになっていて、町の大人たちの酒盛りが終われば、誰もいなくなる。私たち子供も祭りの時だけは、かなり遅くまで外にいても良かったものだから、その畏れ多い悪戯はすぐに決まったのだ。

ツトムに家から修理用のペンチやカッターなどの工具を持って来させ、年長のケン兄が社に灯った裸電球の光を頼りに釘を抜き、トシ坊が鎖を切ったりした。御神輿から外して掌にのせると、金色の巴紋は自分たちの大切にしていたベーゴマよりも、呪術的な神秘の力を帯びているように輝いた。それをウルトラマンのタイマーのように胸元にかざしたりすると三人が驚きの声を上げる。

「いいねっか！」

「らろー？」

「これなるべく御神輿の目立たない所から、金の飾りを一つ二つと取っていた時に、……」とケン兄が口をぽかんと開けて、顔を上げていた。その視線の先にあるものは、御神輿の一番上。金色の羽を勇壮に広げている、鳳凰だった。

逆巻く金色のトサカと鋭い鉤のようなクチバシ。龍神の鱗のような毛並みに覆われた胸を堂々と張り、大きく羽ばたきながら何本もの金色の長い尾を宙に広げている。それは私たちの区の神輿の象徴であったから、それを取るなどもちろん想像もしていなかった。

「火の鳥……みてら」

まさに手塚治虫の漫画にあった不死鳥そのものに見えた。

「でも、それは……だめらろ」

「ちと、待って」と担ぎ棒の上にまたがったケン兄が、腕を伸ばして鳳凰の足のあたりをつかんで揺らす。

「これ、取れるれや」

「やめれて」

「ツトム、ペンチ、貸してみた」

ケン兄とトシ坊が御神輿のてっぺんに懸命に手を伸ばしてペンチを使ったり、ベーゴマの角を削る鉄ヤスリを動かし始めた。そのうちに、鳳凰の羽が傾いたと思うと、金色のトサカの頭が前に倒れ、何本もの尾が揺れて、御神輿からふわりと浮き上がった。と同時に、御神輿の上に止まっていた鳳凰が、本当に生きて、羽ばたきそうに思えた。

「ああ！　すげえ！」

私たちは金色の鳳凰を掲げて、誰もいない境内の闇へとそそくさと降りた。月の光に照らされた鳳凰を闇の宙で上下させて動かすと、金粉を振りまきながら飛んでいるようにも見えて、皆で目を見開き、息を呑んだのだ。次は俺、次は俺、と交代で鳳凰を掲げ、宙を旋回させたり、地面すれすれに滑空させたりした。

「ほら、この影、見てみぃ！」

トシ坊が気づいて声を上げる。月の光に白っぽくなった境内の地面で、鳳凰の影が飛んでいる。黒く凝ったり、伸びたり、羽の角度が変わったり……。一番リアルに見えるのが、掲げている者がじっとして木の影のようになり、鳳凰だけを動かしている時だった。

「ほんものみてら！」

夜の境内で金の光を振り撒く鳳凰と遊んでいるうちに、誰もが気づき始めるのだ。

「この後、これを、どうするんだ」と。

また御神輿の屋根の上に戻しておくのと、誰かに盗まれてなくなってしまったのと、どちらが自然なのか。壊された状態ならば、明らかに子供たちの誰かのせいだと思われるだろう。立派な黄金の鳳凰が盗まれてしまったとした方が、自分ら子供たちへの疑いは弱くなるのではないか……。

「ツトム……。おめえのペンチで壊したんだすけ、おめえが家に隠しとけ」

ケン兄の言葉に、みるみるツトムの顔が強ばり、引き攣っていくのが分かった。唇がへの字にたわんで、小さな両目から月の光を溜めた涙があふれ出て来る。

「ケン兄とトシ坊が外したんだすけ、どっか持ってけや」と私。

「何言うてんだ、おめえが御神輿の飾りのこと、言い出したんだねっか」

「俺じゃねえわや」

私たち四人は、社の電球の明かりや月光から隠れるようにして、石灯籠の脇でしばらく話し合った。そして、神社の縁の下の一番奥に、金の鳳凰や巴紋などを隠すことにしたのである。

「もしも、これ、誰かに言うたら、死、死、あるのみらっけな」

「死……ある、のみ……」

翌日の秋祭りの最終日は、御神輿の上にはあまりに冴えない飾りが代用されていた。ペラペラとした正月の縁起熊手がくくりつけられていたのだ。

「ツトムは、それからどうしたんだや？」

「縁の下を指差して、笑うたような顔してから、そのまま、裏の新川の方に行ったれや」

実際に私は「ツトムッ、ツトムッ」と声を張り上げながらその後を追いかけたのだが、尻を突き出して独特の走り方をするいつものツトムの姿など何処にもなかった。

「おっかねー。ツトムの幽霊なんじゃねえか」

トシ坊が眉を八の字に寄せて、細い肩をすくめる。ケン兄まで動揺したように、日焼けした顔に白目を剝いてきょろきょろと辺りを見渡した。

「いや、あれは幽霊なんかじゃね。ほんのきのツトムらった」

「でもや……」

「御神輿、直せ、言いに来たんだろっか」

祭りのための山車作りは、私たち子供の仕事だったが、御神輿の方は神社や大人たちが扱っている。祭りが始まる前に社に忍び込み、御神輿の上に縁の下に隠した鳳凰を取りつけることなどできるだろうか。それよりも、一年間何も発覚せずにいたのだから、知らぬふりを決め込んだ方がいいのではないか。

「どうする……？」

結局、その年の秋祭りの御神輿のてっぺんには、私たちが壊して外したはずの金色の鳳凰が羽ばたいていた。

祭りの幟用の柱や出店の骨組みの竹を保管する場所が神社の縁の下ということもあって、前の年にそれらを片付ける時か、あるいはその年に入ってからか、失われた鳳凰を誰かが見つけたのだろう。

その鳳凰を目の当たりにして驚いたのは、もちろん私たちである。ずっと心の底で膿み続けたものが、一気に流されるような感じがして、身から何かが抜けるように軽くなるのを覚えた。そして、私たちは初めて、それぞれの想いで泣いたのだ。

ツトムは結局、幼い私の見た幻影だったに違いない。忘れよう、逃れようともがくほどに、罪の影が濃くなって追いかけてくる。あの時、ツトムが町に帰ってきたなど誰も言ってなかったし、後で聞いたところでは、遠い兵庫の方に引っ越していたという話だった。私がこんな幼い頃のことを思い出している時、ひょっとして昔の仲間たちもいい歳をして、ふと御神輿の鳳凰のことを思い出しているのではないか。いや、もっと言えば、今、故郷の町の神社に、私やツトム、ケン兄やトシ坊の影だけが集まって、遊んでいるのではないか。

そんなことをぼんやり想っていると、右の後頭部から首のあたりを撫でられた気がした。床屋に行ってないせいで伸びた髪が、秋風に悪戯されているのだろう。

スマートフォンをコートのポケットに戻しながら顔を上げれば、バス停にまた並び始めた人が三人。

凹凸にふくらんだ買い物袋を持つ女性と、小さなウサギのヌイグルミをランドセルにぶらさげた女の子、緩いジーンズの尻ポケットに競馬新聞を突っ込んでいる初老の男……。

その男が、ベンチに座る自分の影の首のあたりを踏んで立っていた。今度は影はこっちを向いている。

……？

見上げる眼差しが睨んでいるようにも見えたのか、初老の男が紺色の布マスク越しに憮然とした表情で見下ろしてくる。

——何？　次は、俺が鬼役の番ということか？

男に踏まれている影は、笑っているのか泣いているのか、顔が見えない。

抱(いだ)き水(みず)

琵琶湖疏水の水面だろうか。永代橋から眺めた隅田川か。

一体、どこの漣を想像していたのだろう。

眩しさに目を細めて、反射する日の光を睫毛の内で踊らせているうち、焦点がおぼつかなくなり、想いがさまよっていた。

おびただしい楔形の光の群れや、アメーバのような原生動物のうごめき。蠟燭の炎に似た柔らかな揺らめき。光の皺が縮んだり、伸びたりしているのを眺めていたら、催眠術にでもかかったかのように、時も場所も忘れている。まるで邯鄲の夢でも見ていたかのような甘美さに溶けていた。

「あッ、すみませんッ」

いきなり、川や疏水に反射する日の光が、幾重もの輪の重なりになって同心円状に揺れ広がる。気づけば、隣のテーブルにつこうとした若い青年の腰が私のテーブルの縁にぶつかっていた。

「いや」と軽く手を上げたが、「あ、コーヒーがッ」と青年はマスク越しに声を上げる。

「大丈夫ですよ」

コーヒーがカップからソーサーの方にまで零れてしまっていたが、たいしたことではない。それよりも、カップの中のコーヒーに反射する光を見つめている間に、奇妙な旅をしていた自分に苦笑した。

横浜元町を歩いていて煙草を吸いたくなりカフェに入ったが、二階のテラス席しかなかったのだ。さすがに初冬ともなれば晴れてはいても外の席では寒かろうと思っていたら、小春日和の暖かな日差しにむしろ癒される。若いカップルや、煙草を口にしたままパソコンを打ち続ける男、細いうなじを見せて文庫本を読んでいる女性らに混じって、一番端のテーブルについて、煙草に火をつけた。

緩く蛇行する首都高速道路が宙を横切って暗がりを作っているが、テラス席にまでは影は届かない。コーヒーを一口飲み、また一服しているうちに、カップの中で揺れる眩しい光に目が行って、そのうち反射が反射に思えなくなる。

くねったり、踊ったり、散らばったりする光。それらが明滅する映像のようにも感じてきて、「ああ、この感じ、この感じ……」と没入し始める。いつのまにコーヒーカップの縁に座って、川面を眺めていたのか、釣り糸を垂れていたのか。

「あの、これ、使ってください。すみません」

見れば、隣に座った青年がわざわざ備え付けの紙ナプキンまで持って来てくれて、差し出してくる。

「あ、これはご丁寧に、どうも……」と礼を述べたが、ぶつかられて感謝したいのは自分の方かも知れない。

いつまでも褐色の水面に反射する光に見とれていて、どこか遠い土地の川面に漂うどころか、闇色の海深くに飛び込んでいたかも知れない。現に戻って来られないような、こんな奥行を持った放心が多くなってきたのも、ひょっとして老いの病いの兆しであろうか。

自らに呆れ、喉元に小さな笑いが浮かんでくるのを、ぬるくなったコーヒーを一口飲んで押し戻す。コーヒーに反射する日の光を見つめていて、京都先斗町で泥酔し、翌日ひどい二日酔いのまま琵琶湖疏水を眺めていた時のことを思い出していた。

緑色の水の中を長い藻がゆらゆらと噴煙のように揺れて、水面にはエクボみたいな小さな渦巻がいくつも回って流れていたのだ。時々、疏水を隔てた向かいの動物園から、獣の悲しいような呻きが漏れて来たのまで蘇る。

かと思えば、カップの中で光が漣となって細かな煌めきの粒になると、か細い女性の声が聞こえてきた。

——名にし負はば　いざ言問わむ都鳥　わが思ふ人は　ありやなしやと……。

業平の歌を口ずさんだ狂女の声を脳裏によぎらせていたのだ。能「隅田川」の女は、人買いにさらわれた我が子を捜して悲しみに狂いつつ、都から東国の隅田川に辿り着いた。川を舟で渡るその向こう岸には、都でさらわれ、一年前に野垂れたという子の眠る塚。その童こそ自らの子と知って涙する女は、隅田川の光をいかに見たのか、見なかったのか……。

茫洋と永代橋から見た隅田川の景色を思い出していて、光が煌めきから原生動物のような柔らかな動きに変わった時、突然水面が爆（は）ぜた。「あ、鯉が跳ねた！」と思ったら、青年がテーブルの縁にぶつかっていたのだ。

故郷の町に流れる新川（しんかわ）……。

そこに想いが移りそうになっていたが、幼い頃にいつも見ていた新川の水面の様々な光なら、何もなくても思い出せる。友達と保育園でお遊戯やら童謡やらお絵描きを楽しめなかったかわりに、私はそこで光の言葉をたくさん覚えたからだ。

「いってきます」と家を出たはいいが、幼い私は保育園なるものがまったく面白くない。つまらなくて、退屈で、居心地が悪くて、みんなとやる踊りや、ぬり絵や、歌の練習の何が楽しいのか、さっぱり分からなかった。

家の隣の松野屋さんという割烹で、芸者さんたちの三味線稽古が始まった音を聴きながら、その角を曲がる。三区の神社の脇を通り、細川製材所の前を過ぎて、小さな踏切を渡れば、すぐに保育園なのだ。

だが、神社の脇を過ぎたと思ったら、私は左に曲がり製材所の木材がたくさん立てかけてある小径に入る。杉の丸太が幾重にも横たえられた、新川のほとりへと向かってしまうのだ。

「こっちのほうがいいわや……」

丸太の砦の隙間を縫ったり、乗り越えたりしながら、新川のほとりに出て、いつもの場所に座り込む。そこはちょうど丸太の端がいくつか突き出て、屋根になってくれるものだから、洞のような感じにもなって落ち着いた。丸太の洞の中を新川の水面に反射した光が散乱して、柔らかな模様になって揺れ、睫毛の中には光があふれるほど踊るのだ。

尻の近くには蟻地獄の小さな巣がいくつもあって、松葉の先で砂の御猪口(おちょこ)の底を突くと、砂粒を控えめに蹴散らす幼虫の姿が覗いたりした。そして、目を上げれば、岸の葦の群生と澱みながらゆっくりと流れるミルクコーヒー色の新川があった。

幅八〇メートルくらいだろうか、その川は昔、誰もが泳げるほど綺麗な水だったというが、私が知っている新川はいつも茶色に濁っているものだ。光をたゆたわせながら、ゆっくりと海の方へと流れ、深さもあるせいで所々妙な渦や引き攣(つ)れたような細かな凹凸を浮かべてもいた。

小魚がひしめいて跳ねているような光。巨大な怪魚の鱗のような光。宝石の結晶の尖った光。テレビで見たことのある顕微鏡で拡大されたアメーバやゾウリムシに似た光。何十万匹という蛇が水面を滑り泳いでいるような光。星屑があちこちで爆発しているような光……。

「ああ……おもっしぇなあ」

放心しながら、そうつぶやいたであろう。南側の田んぼからの水で、どろんとするほど濁っているのに、光は様々な形や煌めきで景色を変える。よく大人たちが言っていた「どぶ川」だなんて、とんでもない。いつまで見ていても飽きないじゃないか。保育園に行って、みんなで両手を上げたり、スキップしたりするのより、よほど楽しくて面白い。

時々、川面の光の中をゆっくりと大きな影が過る。萱や葦がからまって島になって流れていくのだ。小さなものもあれば、山のようになったものもあった。その群がった萱の島には、自分たちの知らない生物が棲息しているのではないかとも思い、遠くから島の密林を探検する想像までしていたのだ。

「ええー!?　嘘ー!?　それって、マジ、やばくない?」

出し抜けに頓狂な若い女性の声がして、顔を上げると、テラス席の真ん中に座っていたカップルの女の子が自らの声の大きさを恥じるように肩をすくめている。

「声がでかいってー。でも、マジで」

記憶の川を遡っているうちに、身だけ還暦過ぎの男が一人、横浜元町のカフェのテラスで冷めたコーヒーを前にしている。

新潟の片田舎で生まれ育った幼子が、なにゆえ初老となって横浜になどいるのか。顔を寄せてひそやかな声で話し始めたカップルを見て、一〇代か二〇代か、自分にもやたら些末なことで喜怒哀楽する若い時期があったのだと思う。にもかかわらず、学生時代よりもさらに前、新川のほとりで時を過ごしていた幼い頃の記憶の方がはっきりしているのだ。これも、歳を取るということか。

「その人、そんなんで、大丈夫なの？　でも……」

「だからぁ」

すでに半分ほどになったコーヒーをまじまじと見つめて、一口啜ると完全に冷え切っていた。ソーサーの上に敷いた紙ナプキンが、瑪瑙(めのう)の断面のようなシミを作ってへばりついている。ソーサーを不器用に拭って丸めると、目を閉じた。

新川のほとりから水面を流れる萱の島のことを思っていたせいだろう。頭の奥には左から右へと、ゆっくりとよぎっていく水の速度が残っていた。浮かんでいるものは、回転もせず、また沈みも、浮かび上がりもせず、ただそのままの状態でゆっくりと流れていく。

そして、新川には豚の死骸や犬の死骸まで流れてくることがあったのだ。溺れて死んでしまったのか、それとも放り投げられでもしたのか。川面から突き出た体の部分をそのままに、ゆっくりと川上から流れて来た。

「当たらないで」と念じながら、肝試しに近くにあった小石を動物の死骸に向けて投げてみたりしたこともあったが、当たることなどない。とぷん、とねっとりした音を立てて小石の波紋がまた静かに流れていくだけだった。

「まあ、人、色々なんじゃね？」

「また、そんなぁ、冷たいー」

私はそうやって毎日のように新川のほとりで過ごしていたが、保育園をサボっているのを咎められることはなかった。親は当然私が保育園に行っていると信じて疑ってなかったし、保育園は保育園で私が風邪をひきやすい子供だったから、また休んでいるのだろうと思っていたらしいのだ。

「明日も、リモートでいいんだよね？」

目を開けると、現の光が戻ってくる。外していたマスクの紐を耳にかけ、隣の青年に軽く会釈して、店内の階段を下りた。日差しにあたっていた半身だけが暖かく、もう半身は冷えていたのにようやく気づく。幼い頃も、材木置き場の洞の内で、半身だけ新川の水面の光に照らされ、半身は冷やしていたのかも知れないと思う。

コートの前を閉じて、元町の賑やかな通りに出れば、マスクはつけているもののかなりの人が行き交っていた。少しは感染者数が落ち着いたところで、どの店でも挽回のクリスマス商戦を狙っているのだろう。

煌めいたモールやイルミネーションの飾り。本物のモミの木を使ったツリーも立っていて、いくつものオーナメントボールを輝かせている。人々も小さな昂揚（こうよう）を抱えたように足早に歩いている感じだった。

「この国は……貧しいんだか……豊かなんだか……」と、マスクの内で独りつぶやいていて、人々の間を縫う。

大きなショッピング袋やカシミヤのコート、よく磨かれた革靴、たっぷりしたマフラー、ファストフード店の風船、路駐されたクラシックカー……。

少し前ならば、ディスプレイの洗練された文房具店にでも入って、来年の手帳か何か買おうとでもしたのだろうが、そんな気も起きない。クリスマスソングが流れるショッピングストリートからはぐれて、人けのない所へと足が進むのだ。

あえて、場末にある古い小さな中華屋にでも入り、叉焼か餃子をつまみに昼過ぎから紹興酒の燗あたりをやりたい気分になる。貴金属店の角から狭い路地を曲がると、また目の前の空を首都高速の湾曲した大きな影が跨（また）いでいる。「うん？」と思いながら行けば、柵のむこうに小さな川があった。

「……そういうことか」

さきほどの店のテラスから見ていたのも、首都高の神奈川3号狩場線だったはずだ。自分の座ったテラス席の位置からは、その下を川が流れているとは分からずにいたが、気づかぬうちに水のにおいは感じていたのかも知れない。コーヒーの表面に跳ねる光を見て、故郷の町の新川を思い出したのは、この運河の水のにおいもあったのか……。

柵に近づいて川を覗くと、薄茶けた水が浅い底の起伏のさまを揺らしている。水の中で鉄板の残骸や藻、埋まったタイヤ、折れた杭などが、赤茶けた苔筵に覆われているかのように見えた。すぐ向いの岸には、クルマが走り、ビルが林立している。港側に係留されたバージ船も赤錆びて、実際に使われているのかどうかも分からない。

流れも深さも景色も、まるで故郷の新川とは違うが、幼い頃の私であったならば、柵を乗り越えて自分の居場所を見つけただろう。不法に留められた艀(はしけ)の上あたりで一日中川面を眺めていたに違いない。

小さな魚影も見えず、水面に浮いて流れてくるものもない。それでも、たゆたう光と影の波紋が、伸びたり縮んだりを繰り返していて、生き物のようだった。テカテカと汚れた暖簾の、場末の中華料理屋もいいが、いっそコンビニエンスストアでカップ酒とつまみでも買って、川岸でやさぐれているのも悪くないか……。

「まさか、こんげとこで、店をやることになるとはのう……」

そう言ったのは、故郷の新川のすぐ近くで、プレハブ小屋の飲み屋をやっていたご主人だった。五年ほど前に帰省した折、偶然通りかかって見つけた、屋台に毛の生えたような

「三日月」という赤提灯。その店名は新川にかかっている三日月橋から取ったのだろう。

確か以前は古いアパートがあって、それを取り壊し、更地になり、数台しかクルマを置けない駐車場になっていたはずだ。昔から川風に揺れていた大きな柳の木があって、その位置から間違いないはずなのだが、いつのまにか小さな飲み屋ができていた。

物好きにもちょっと覗いてみたら、薄汚れたカウンターのむこうでスポーツ新聞を読んでいた白い蓬髪の年配の男だけ。くたびれたスツールが四つしかない無愛想さが面白く、さらにはそのご主人からは「いらっしゃい」の一言もなかった。

「鶴の友、熱燗で」

そう町の地酒を頼んでも返事もなく、電子レンジでチンの熱燗は徳利の上だけが異常に熱くて、胴の方は拍子抜けするほどぬるかった。それでも、蛇の目の御猪口に手酌しながら、挨拶程度に聞いてみたのだ。

「いつから……このお店、ありましたっけ。知らんかったなあ」

「……いやぁ」と主人はまたスポーツ新聞を開いて、カウンターの縁から体を隠す。肝臓でも悪そうな土気色の面差しが、どこかイタチとかカワウソを連想させる痩せた男だった。

中華屋から譲り受けたような赤いカウンターには、コップの底の輪や煙草の焦げ跡がいくつもついていて、それでも客は来るのかと、ぬる燗の酒を口の中に放り込む。有線もラジオすらもかかっていない静かな店は、むしろやる気のなさが徹底していて、潔いとさえ思えた。外の柳の枝先だろう、屋根を撫でる音が、自らのツムジのあたりを悪戯して掃いているかのようだ。

「……あそこの保育園も、なんか綺麗になって、変わりましたよねえ」

何気なく親指で背後の外を差して、私の通っていた保育園を示した。と、「ああ?」と新聞紙から白髪のカワウソの顔が上がる。

「いや、俺、あそこの保育園サボってばかりいて、神社裏の新川でいっつもボーッとしてた」

「……なんだや、おめさん、内野(うちの)のもんらかね」と、少し男の声音が変わった。

「ら」

「おうよ、俺はまた、平和台あたりの新興のもんらかと思うたわや」

初めて来た客の自分を警戒でもしていたのか。ようやく口をきいてくれた店の主は、話によれば昭和三〇年生まれで私よりも四歳上ということだった。当時、私は五〇代半ばだったが、男はどう見ても七〇を越えているかの老け方で、煙草の脂(やに)で汚れた前歯も数本しか残ってなかった。

「流れてー、越のー、野をひたすー」

三本目のお銚子を頼みながら、ふざけて口ずさんでみれば――。

「なんだったや……。桜花咲く、新川や、らったかや」と、色の悪い唇の片端を微妙に上げて、数本残った脂色の歯を覗かせた。地元の小学校の校歌を主の男も知っていたようだった。

「内野小、中らけ？」と私も完全に町の訛りになっていて、カウンター越しに酒を勧めると、初めて嬉しげな表情を見せる。

「らわや。へー、何十年前らやら」

「今も、新川は春になると、桜は綺麗らろう」

「まあの。ずっと槙尾の方まで咲いての」

新川の両岸に霞む満開の桜並木が浮かんで来て、爛れたような美しさを泥川が映していたのを思い出す。花の枝先を川面にしだれさせて波紋を作っていた桜があったのも蘇ってくる。

「らけど、俺らの子供の頃は、新川は、いろんなもんが流れて来たわのう」

そう言うと、主が口角を下げてうなずいて見せる。

「河口に排水機場ができてから、あんまりねーなったが、ほら、葦やら萱やらの島がよう流れてきて……」

「らった」

「たまーに、豚とか、犬とかの死骸も流れて来たろ」

「らわのう」と主はカウンターのむこうの椅子に座って、乱れた白髪の痩せた顔だけ覗かせてうなずいた。

「なんね、みんなして、石投げてさ。当たると、ほれ、腹がガスで膨れてるもんらすけ、ポーン言うて石が跳ねて、おっかねかったんだわ」

少し酒が回って饒舌になってきたのか、主がそう言いながら目を細めて皺を寄せた。

「へー、何十年前の話らやら」

「ご主人は、あれらか、ずっと内野らけ？」

「いやー。百姓が嫌で、東京出てさ、不動産関係やって、また嫌になって、タクシーら。ほうして、戻ってきたこてや……。まさか、こんげとこで、店をやることになるとはのう……」

農家をやっていたということは、川上の田んぼの方の出なのだろう。

「いいねっかや。生まれ故郷の新川近くで、店やるのも」

「なーにさ」

それから、しばらく二人で黙り込んで、屋根を擦る柳の音や川べりに当たる水の音を聞いていた。時々、物がぶつかるような音が聞こえてくるのは、不法係留しているボートの舳先や船端が川岸に当たっているのだろう。

「おめさんも、ずっと内野らかね？」

あまりの静かさに息が詰まったのか、今度は主の方から聞いて来た。

「二十歳くれえまでの。今は、鎌倉ら。神奈川の……」

「鎌倉……？　あれらか、大仏さんがあるとこらか」

「まあ、近いわの」

「おうよ、いいところらねっかのう。お寺がいっぺあってのう」

「昔は新川でボーッとして、今は、寺でボーッとしてばっからわや」

半ば自嘲ぎみに答える。すでに酔いが回ってきて、新川近くのプレハブ小屋の店にいるのか、鎌倉小町の路地奥の縄暖簾で朦朧と新川を思い出しているのか、分からなくなった。

そんな時、主の男が唐突に言ったのだ。

「こんげこと言うのも、なんらろも……」

「……うん？」

「俺は……人の……赤子が……流れて来たのを、見たことがあるんだわ……」

「……ああ？」と主が何を言っているのか分からなくて、自分の口からは間抜けな声しか出せなかった。

「おめさん、さっき、萱の島やら犬の死骸やら、言うてたろ？……俺は、赤子がのう、流れて来たのを見たんだわや……」

一気に酔いが引くかのようだったが、男が奇妙な妄想を抱いたのかとも思った。鎌倉の寺や新川に浮いた動物や、あるいは自らの過去か何かが絡み合ってしまったのかと。

「新川でけ？」

「らわや。まら俺が、四歳くらいの時ら」

「……それは……あれら。夢……らろ。そんげことが、あるわけねえねっかや」

幼い頃に見た夢を現実と混同しているに違いない。でなければ、赤ん坊の亡骸が流れてくるなど、いわば事件の範疇だろうに。

「ほんのきらてえ」と男が声を少し強め、カウンター越しに見据えて来た。

「夢じゃねえんて。ばあちゃんと、新川の洗い場で大根を洗ってた時らんさ……」

新川沿いにいくつか洗い場が突き出ていて、そこで野菜の泥を落としたりしているのをよく見かけたが……。

「ゆっくり、白いもんが流れてくるすけ、なんらろ、と思うて見てたんさ」

「……」

「そしたら……白い布にくるまれた、赤子が……流れて来て……」

「新川に……」

「たまげてしもて、『ばあちゃんッ、てーへんらッ』言うたら、ばあちゃんに、『いいか、これは、見ねかったことにしとけ』言われたわや……」

私はしばらく黙ったまま、猪口の酒に揺れる青白い蛍光灯の光を見つめていた。

男の夢に違いない。そう思い込むしかなかった。だが、本当の話だとしても、それはそれで事実なのだろうと思うしかない。昭和三〇年代の田舎町であれば、まだありえたことだろう。いや、むしろ、自分が最もそのことを知っているような気さえした。

「……見ねかったことにしとけ、と？」

「……ら」

プレハブ小屋の飲み屋のカウンターを挟んで、同じ町の生まれ、同じ世代の男二人が、互いに深い溜息を漏らしたかどうかは覚えていない。だが、俯いて影になった男の遠い眼差しは、新川に流れて来た赤子の姿を見ていたのだろう。私は私で、赤子を包んだ白い布が、天衣のように川面に揺らめいているのを見ていた。

新川のさんざめく光の粒子の中を、ゆっくりと流れて来る嬰児の顔は、白く澄んで、眼も鼻も口も淡く、無表情だっただろう。薄茶色に濁った水に、白い天衣を揺らめかせた、小さな小さな菩薩が、その水を抱き、また水に抱かれて、海の方に静かに流れて行ったのか……。

他の誰かが通報したとしても、当時の鄙(ひな)の地の警官ならば、町の者同様に、ただ黙って見送ったかも知れないとさえ思った。

「……いいとも……悪いとも……」

「ああ」

「言えない……わな」

善悪などというものが入り込めないような、冷え枯れた想いだけが流れ続けて、殺めた者も、捨てた者も、見た者も、聞いた者も、悲しみだけが共有されるばかりだった。その天衣をまとった幼い菩薩の犠牲があって、自分も主の男もこの世にあるような気がして、「三日月」の赤いカウンターの下で密かに手を合わせたのだ。

「ちょっと、寒いですか？」

そう声をかけられて顔を上げると、磨かれた数本のボトルのむこうで、マスクをつけた若い女性が立っていた。ショートカットの髪に、黒いベストと黒い蝶ネクタイ。眉根を開いて、わずかに小首を傾げて聞いてくる女性の姿に、「ああ、いや」と冴えない返事をしている。

ゼブラウッドのカウンターの下にいつのまにか両手を下ろし、膝の間で合掌をして俯いていたのだ。その自分の姿が寒そうにでも見えたのだろう。

はるか六〇年前の故郷の川に流れていた、幼い菩薩の白い姿……。その静かな死を思い浮かべていて、酔いもあるだろうが自分が今いる場所まで分からなくなっていた。

「この冬は、雪、降るんでしょうかね」と女性のバーテンダーがマスクの上で目を細め、手にしていたグラスを磨いている。元町の通り近くの運河を見ていて、何処か小さな中華料理屋にでも入ろうと思っていたのに、脇の窓から夜の運河の見えるバーに入っていた。

「あ、でも、温暖化だから、雪は少ないですね」

窓の外に目をやると、川岸近くに立ち並ぶビル群や街灯、広告塔の光が、黒い水の上でうねり踊っているのが見える。

「いや、温暖化の方が、雪は増えるんだよ。水蒸気がね、多くなるから」

そう愚にもつかぬことを言いながら、カウンターの上のグラスを手に取った。綺麗に球状に削ってくれた氷が琥珀色の酒の中を回って、口元で傾けると鼻先を濡らしそうだ。

「かえって降るんですか、雪ッ。そうなんだあ」

長いカウンターには、中年のカップルと若い男の客が一人いて、カウンターの奥では男性のバーテンダーがシェーカーを一心に振っている。

自分は何を頼んでいたのだったか、と目の前のボトルのラベルを見れば、ストラスアイラとあった。シングルモルトを頼んでいたのに、もはや昔の記憶と混濁していて、酔いが故郷の地酒からだと錯覚さえしていた。

「じゃあ、ホワイトクリスマスになるでしょうか……」

グラスを磨く手を止めると、若い女性バーテンダーは宙を見つめ、またこちらに視線をよこして、すぐにも睫毛を伏せた。自分はよほどにむっつりと無愛想な顔をしていたのか、と苦笑いを隠すようにしてグラスを傾けて、氷を回す。

「雪、ねえ……」

そうつぶやいたと同時に、スマホの青い光を顔に映していた若者が、ハイボールをオーダーして、そちらの方に女性バーテンダーは移った。

あの「三日月」のご主人が幼い頃、赤子を見たというのは、季節はいつだったのだろう。雪がちらちらと降っていたということもあるのではないか。寒さにかじかむ手で冬大根の泥を新川の洗い場で落としていて、川面にどんどん吸い込まれていく雪のさまを見ていたら……。

嬰児は、自分であってもおかしくない。「三日月」の主であってもおかしくはない。誰であってもおかしくはなかったのだ。

自分はありがたいことに、そんな天衣をなびかせた小さな菩薩を見ないで済んだけれども、一体、何を想って、一日中新川の岸辺にいたのだろう。私の記憶の中では、川面に最も光が色んな表情を見せる春のはずで、雪が降り始める頃ではなかった。結局、新川でのサボりは一か月か二か月ほどで家にばれてしまって、やめさせられることになったのだが。

「どうしたん？　あんた、こんげとこで、何してんのう？」

実家の隣にある割烹の芸者さんが、川辺にいた私を発見してしまったのだ。美容院で結髪をセットした帰りに、ふと神社裏の材木置き場を見たら、黄色い帽子が丸太の山の隙間から覗いている。近くの保育園の園児が忘れていったものかと取りに行ったら、帽子をかぶった私が川端に座っていて、新川を眺めていたのだという。

「あらぁ、あんた、保育園、どうしたん？　行かなくていいのぅ？」

そう聞いても、私は答えなかったらしい。

「保育園、嫌なん？　大丈夫らよう。お姉ちゃんに、言うてごらんて」と芸者さんは声をかけたのだと、後年になって聞いた。私にはまったく記憶のない話なのだが、芸者さんからしたら、さぞかし驚いたことだろう。帽子が落ちていたと思ったら、本人がかぶっているもので、しかもその子がよく知っている隣の家の子だったのだから。

「なんかあったら、何でも言うていいんだよう」

そしてようやく、幼い私はたった一言、答えたらしいのだ。

「おれにも、わからん……」

私が高校生になったくらいか、歳を重ねたその芸者さんに町で偶然会った時に、教えてもらった話だ。

「あんた、あんげ小っちぇてんに、私のこと見上げて、俺にも分からん、言うたんだよう」

中年近くになっていた芸者さんは、笑いながらも目頭を小さく光らせて話してくれたが……。

体をくねらせた何匹もの光の蛇が、夜の運河の水面で戯れている。

青い光、白い光、赤い光……。

モルト・ウイスキーを一口やると、さらに運河を泳ぐ光が揺らめいて、酔いに漣を立てる。

俺にも……分からん……か。

今も同じような気がして、胸中に浮かんできた笑いの粒を噛み締める。運河の光も、わずかに滲み始めてきた。

雪の塚

盃を置いたら、すぐにも注いでくる。

老い始めた男たちの手で、テーブルの上を徳利が幾重にも交差して、いっこうに落ち着こうとしない。

「新幹線は混んでたか？」「湯沢のあたりは、もっと雪が凄かったろう」「なんだや、雄介のやつ、来らんねてや」……

白髪、薄毛、禿頭が並び、笑う肩の波が左右に揺れては、また熱燗の徳利が行き交う。マスクを顎にかける者、端からつけていない者、片耳にぶらさげた者が、地酒と暑いくらいの暖房のせいで赤ら顔をほころばせていた。

上越新幹線に乗った時は、まったく雲一つない晴天だったというのに、高崎の先のトンネルを抜けただけで、車窓が一面白く曇った。まだそれでも遠くの山々は象の頭に生えた毛のような枯木を雪の合間に見せていたが、越後湯沢のあたりでは、降りしきる雪にすべてが覆われて、山並みなど霞んで見えないほどだった。

「何年ぶりらや」

「四年？　五年らか」

「竹田先生の古希祝いの時は、来ねかったかや」

高校時代の男仲間七人ほどが、故郷新潟の古町（ふるまち）で呑み交わすのは、五年ぶりか。そのうちの一人二人とは年に一回くらいは、新潟や東京で会うこともあったが、無邪気な悪さをやっていた仲間らが還暦を過ぎて一堂に会するのも、かなり久しぶりのことであった。

以前に会った時は、まだそれでも男盛りを残していて、野心や色気が濛々と宴席に立ち込めていることもあったが、今は、老いた男の集まりにしか見えない。用でも足して戻り、座敷の戸を開けた時など、違う宴席に迷い込んだかと思うほどである。

「もう、孫が三歳られや」と言う者もあれば、独身を通している者や、不幸にも伴侶に先立たれた者もいて、高校から四〇年以上も経れば、もう別の人生であろう。だが、くだらぬ冗談に笑う声の上げ方や、とぼけた時の唇のすぼめ方などに、若い頃の面差しが残っていたりして、不思議な気分になる。

「いやいやいやぁ」だの、「まーた」だのと、世間馴れした下卑た口調の初老男たちの姿に、詰襟の学ラン姿を重ねてみると、思わず吹き出したくなるというものだ。そんな自分自身こそ、最も奇異な歳の取り方をしているのかも知れないが……。

「親御さんとか、どうした？　確か、施設とからよな……」

「一昨年、おふくろは逝ったこてや。九一ら。そっちは？」

「どっちも施設らわ。なんね、会えねんさ、このコロナで」

「それはまた、かえって難儀らわな。気が休まんろ」

新年会と言っても、やはり話は老親の介護や自らの病気やらの話になる。歳を取れば、どの集まりも似たり寄ったりであろう。それでも重ねる盃の酔いで、昔の話になり、皆がわずかに宙に視線をさまよわせながら目尻に皺を寄せるのだ。

「ナナハンのバイクでのう、学校の廊下走って、ほら」

「廊下が排気ガスで、モンモンしてのう」

「あれは授業中らったか」

郷土料理の、のっぺ汁や刺身の一升盛、のどぐろの塩焼きやたらちり鍋などで、座敷のテーブルがいっぱいで、空いた徳利の置き場もない。空になったら横にする倣いなどもう今はすたれたのか、脇の畳の上に並べている。

「ほれ、お姉さんッ。鶴の友、熱燗五本ねッ。忙しいとこ、悪いねえ」

店の常連の広瀬がバイトの若い女の子に声をかけ、吉倉はメニューを遠ざけながら老眼の目を細め、「俺はレモンサワーら」と、それぞれ勝手に注文している。煙草の煙と鍋の湯気を強いエアコンの温風がかき回して、これはこれで冬の宴の馴染みではあった。そんな時に、窓の外からドサッと腹に響くような音がして、二階の座敷を震わせる。

「何だやー」と寺沢が顔をしかめて小さな舌打ちをする。「そんげらんけ?」と和田も窓の障子戸の方を見た。

「それ、開けてみた。障子」

西崎が窓にかかった障子戸を振り返り、短い嗚咽のような声を上げて、ぎこちなく膝立ちする。障子を開けるとサッシ窓のガラスが部屋の温気で曇って何も見えない。

「窓開けてみたー」

ガラス窓を西崎が億劫そうに開けると、一気に冷気と雪が舞い込んできた。部屋の澱んだ空気が掃かれて、テーブルの上や私たちの頭や顔にまで雪片が舞い届く。火照った顔に当たる雪の冷たさが心地よく、肺を洗われるような想いで外を見れば、降りしきる雪、雪、雪……。

向かいの料亭の老松の枝や瓦屋根には、すでにこんもりと雪が瘤になって膨らみ、垂れた電線まで一〇センチほどの雪を積もらせて揺れていた。屋根の雪が落ち、地響きのような音を立てるのも、故郷の冬の馴染みではあるけれども、飲み屋に入るまでまだ五センチほどだった雪が、すでに二〇センチはあるだろう、激しい降りである。

「おう!」

「なんだやー」

「帰らんねぞ、これー」

がら窓を閉じる。

「寒いてば、閉めれや」

それぞれの上げる声に、恨めしそうに雪空を見上げていた西崎が、寒さに肩をすくめな
「雪らなあ」

「雪らなあ、って……嬉しそうらねっけ」

故郷に住み続ける者にとっては、雪は厄介以外の何ものでもないのだろう。

「なあ、信じがたいかも知れんが、むこうは三が日、雪が降らん。晴天ら」

「なんらって⁉　晴天？」

「晴天。雲一つなし。お日様、燦々ら」

一斉に驚きの声が上がって、皆が首を突き出してこちらを見る。

そうなのだ。誰もが知っていることであるにもかかわらず、驚いてしまう。まだ自分が新潟にいる頃でも、太平洋側の風景の映像をテレビで見て、むこうは三が日は晴れているものと知っていた。知っていながら、箱根駅伝の放送を何処か違う国の映像だと思って、雪の内で過ごしていたのだ。連日の雪かきやタイヤチェーンの装着や水道管の破裂やクルマがあちこちで横転するほどの暴風や……。

「むこうの飲み屋でや、故郷の三が日は晴れたことがない、言うたら、やっぱり、店にいた客全員がたまげて、俺の事見たわや」

「何じゃ、そりゃ」と、広瀬が顔の雪の雫を拭っていたおしぼりを、テーブルの上に投げ出す。皆が「いやいやいやぁ」と口元をゆがませながら重い溜息を吐き、また徳利を傾けたり、箸を動かし始めた。

「ほんにやー。田中角栄が、新潟の山脈をダイナマイトでぶっ飛ばす言うた気持ちも、分かるわのう」

「地獄らわや。白い地獄」

雪が降って喜ぶのは子供たちくらいだろう。自分たちの幼い頃も、割った竹を蠟燭の炎で焙って作った竹スキーや、子供が五人ほど入れる大きなかまくら作りや、雪の砦まで作っての雪合戦や……。だが、しだいに幼子たちでさえ雪疲れして、家の炬燵で過ごすばかりになったのだ。

「でも、まあ、見る分には、綺麗らねっかや」

そんな自分の能天気な言葉に、「嫌らなあ」と言う者も、「まあな」と言う者もいたが、皆、苦笑混じりである。老母が生きていた頃は、毎年年末年始に帰省して雪かきをしたあの重労働や不便さを、自分は忘れているのだろうか。つまりは、親の死もすでに遠くなってしまったということか。

「雄介は、この雪で来らんねなったんか？　あれ、水原(すいばら)らすけの？」

「水原の方は大丈夫らしいけどや、家を出たはいいが、途中で立ち往生らてや、49号線」

まだ母親が施設に入る前に、49号線を走って水原瓢湖に白鳥を見に行ったのを思い出す。住んでいた町からも近い佐潟や田んぼでも白鳥はいくらでも見られるというのに、瓢湖に行きたいと言い出したのだ。六千羽ほどの白鳥が賑わしく群がる瓢湖で、老いた母親は少女のような表情をして、一心に手を突き出し、集まってくる白鳥たちにいつまでも餌をやっていた。

「瓢湖の白鳥って、またけっこう来てるかや」

「白鳥……？　そりゃ、来るこてや。雄介の話では、一一月頃には飛んできて、瓢湖なんて白鳥で大賑わいらてや」

ふと、雪の降りしきる夜空を、白鳥の何羽かが一心に飛んでいる景色が脳裏をよぎる。いつのことだったか。まだ幼い頃に見たような……。

「ほら、雄介と仲いかった、里佳子、いたろ？」

「里佳子……？　ああ、バスケ部の……」と、両手を広げ、ふざけてポニーテールを左右に振らせていた高校時代の里佳子の姿が朧げに蘇る。

「あれ……、死んだんだわ、すい臓がんで」

「……そうか……。年々な、多くなるな」

事故や自ら命を絶つのもあまりに悲しい話だが、病で逝ってしまう友人らが年々増えてしまうのも寂しいことだ。もうすでに同じ学年の友人が、何人鬼籍へと入ってしまったのだろう。

「見舞いに行こうにも、このコロナで面会もできねんだわのう」

「らなあ。……鎌倉の友人で、俺らと同じ歳らが、もう財布の中に、連絡用の紙切れを入れてる奴がいるわ。家族の電話番号とかや」

他の者らもふと盃や箸を持つ手を止めて、それぞれにうなずいている。奥に座っていた篠田がわずかに眉間に皺を寄せて、箸をつかんだ指を鼻先にあてがって考え込んでいるようだったが、ふと顔を上げた。

「……それ、あれかも知らんぞ。徘徊用、かも知らん」

「うわっ、おめえ、それはまだ早いだろ」と、和田に小突かれ、笑われている。だが、分からないでもない。自分も時々、何処にいるのか混濁することがあるではないか。午睡から覚めて、今、自分がどの土地の、どの部屋で寝ていたのか朧になる刹那があるように、それが何かの拍子に地続きになって、「ここじゃない、ここじゃない」と闇雲に歩き回ることになってもおかしくはない。今はまだ、自分のいる場所を思い出せているとは言っても、運がいいというのか、紙一重のような気もしてくる。

「まあ、死んで、後で変なもんが出てくるのも、嫌らわのう。死んだ本人はいいかも知らんが……」

寺沢の言葉に皆が肩を一斉に揺らして笑う。

高校時代の仲間たちも、すでに現世の地平線を見据え始めていて、面白いような切ないような気分になる。まだ自覚して引きずりながら彼岸へと渡るのであれば、それでも地獄の沙汰を受ける覚悟もあろうが、本人自身がまったく忘れていることもあるかも知れず……。唐突に思い出し、「あっ」と叫んだ時には、墓の中ということもある。

「気をつけれやあ」

「馬鹿言うなや。おめえの方ら」

「何だったや……。ほら、吉田兼好……死は、前よりしも来たらず……？　忘れたな」

西崎が宙で止めた盃の内の光を揺らして、眉根を寄せながらつぶやいている。「忘れた、忘れた、そんげの」「俺、古文、赤点らったぞ」などと言いながら、それでも皆、それぞれに想いは沁みているのだ。

——死は前よりしも来たらず、かねて後ろに迫れり。

「この雪ぃ、今日、帰れるんか？」

——人皆死あることを知りて、待つこと、しかも急ならざるに、覚えずして来る。

「どっかに泊まっていきてわのう」

——沖の干潟はるかなれども、磯より潮の満つるがごとし……。

外はもはや呆れて笑い出したくなるような猛烈な雪の降り方だった。そして、直後茫然として、何もかもが白い雪のボリュームに覆われた、古町の夜の景色を眺めるだけだ。

ビルも家々の屋根も街路樹も電線も信号も、すべてが白く表面張力を起こしたようで、雪に窒息しそうになる。さらにそこを止むことを知らぬぼたん雪が、斜めに降りしきっては白く霞ませているのだ。

所々ついた街灯や時々徐行して通るクルマのヘッドライトの光を、雪の闇が孕んで、茫洋と仄白い世界を限りなく広げていく。

「これ、タクシー、捕まらんろー」

マスクから濛々と白い息が漏れて、容赦なく降る雪の間を渦巻きながらも逃げていく。霞む中を遠くからヘッドライトを投げて来るのは、ロータリー式の除雪車だろう。かき集めた雪を宙に噴き上げて、道路の脇へと抛(ほお)っているのが見えた。

「こりゃ、駄目らな」「家に泊まっていくか？」「俺は歩きでなんとか」「ビジネスホテルしかねえな」……。

オーバーコートやダウンコートの肩をすくませて様々に言い合いながら、雪に足を突っ込んでは引き抜く。膝上まで雪の積もった足場の悪さに、アーケードまでは何とか辿り着こうとゆっくり歩いているうちに、運良く数台のタクシーが連続して通った。

挨拶もそこそこに皆が別れて、タクシーに乗り込めば、運転手はあまりの雪の激しさに帰庫するところだったらしい。「私も帰らんねですて。会社に泊まるこてね」と苦笑しながらも、実家のある内野方面に向かってくれることになった。

ワイパーがフロントガラスを掃くたびに、すかさずみっしりと雪の花が次々に咲き開いては、また最速にしたワイパーが拭っていく。道路など見分けもつかず、後部シートからフロントガラス越しに見ていると、雪の洞の中を延々行くかのようだった。スタッドレスタイヤが雪面を噛みながらも、時々滑って車体の尻を振らせる。

「新年会か、何からったかね」

「高校時代のね」

「おうよ、高校時代らかねえ。私らの世代は、へー、半分が死んでしもたわのう……」

もう七〇歳近いだろうか、運転手が柔和な眼差しでルームミラーから笑いかけてくる。対向車も後続のクルマもなく、まして人など誰も歩いていない。地獄には罪人を運ぶ火車があるというが、自分は豪雪地獄の中を雪車に乗せられて行くかのようだ。獄卒羅刹らに竜巻のような雪煙で囃し立てられながら、白い奈落へと落ちていく。

「お客さんは……三八豪雪、知ってるかねえ？　いや、知らんかなあ」

「知ってますこて。俺が四歳の頃らわねえ」

昭和三八年の記録的な豪雪のことだ。海岸寄りのところでも、二メートル近く雪が降ったのだ。あまりに積もり過ぎて、雪かきしてできた小山に上ると足元に電線が横切っていたのを覚えている。町に流れていた新川の方まで、長い滑り台のような樋を百メートル以上もつなげて、そこにのけた雪を滑らせたものだ。

「あれは、なんねせ、凄い雪らったわのう……」

「……らったわなあ」

「あんまり雪の降り方が凄いてのう、歩いてると、息ができねなってさ」

「ああ、分かりますて」

「そうならんば、いいのう。ちっとは止むろっかのう」

戸を閉ざしカーテンを引けば、外の様子など知ろうはずもないのに、雪が降り出すと、分かるものだ。外の音が凪いだように静かになってきて、部屋の壁や天井がわずかに圧を持って、身に迫ってくる。幾重にも隔てられた静寂の内にあって、時折、梁や柱がミシリと音を立てるのだが、その響きすらもいずこかに吸い込まれる。

「学校なんて、行くどころんねかったれやのう……」

カーテンを開ければ、窓ガラスに氷紋がびっしりとシダ植物のように広がっていて、ガラスの縁には雪の白い隈が三日月のような軌跡を描いている。窓を開けると、敷居に沿って雪の刃ができていて、外はすべてが白い爛れに覆われていた。

大人たちは「ああ……」と溜息を吐いて寝床に入り、雪のもたらす静寂に深い眠りの底につく。だが、幼子は何ものかに呼び起されたかのように、夜中の一時二時に目を覚まして、毛糸の帽子をかぶりマフラーをそそくさと巻いたのだ。そして、アノラックを着こんで、氷よりも冷たい廊下を、足音を立てぬように進んだ。

「ほんに、この雪ばっかしゃ……」

あれはいつのことだったか。もう小学校には入学していただろうと思う。何かに誘われるように、いつもの雪夜の散歩をした時のことだ。家の者に気づかれぬように外に出れば、真夜中だというのに猛烈な雪の乱舞であたりが仄白く霞んで、街灯の光の暈(かさ)の中を恐ろしい勢いで斜めに雪が降りしきっていた。

道路も歩道も区別がなく、一面真新しい雪に覆われて、人っ子一人の影もない。幼い長靴など役にも立たず、ゴム長の縁から雪が入るのもかまわず足を踏み入れては抜く。自らの雪を踏みしめる音と雪空を吹きすさぶ風の唸りだけを聞きながら、ただ歩いて行ったのだ。

何処へ……？

分からない。

慣れ親しんだ町の風景が、まったく知らぬ、誰も見ていないものになって、それを自分が初めて目にして、足跡をつけているのが面白かったとしか言いようがない。よく友達と遊んでいた三区の神社も、新川沿いの材木置き場も、保育園近くの小さな踏切も、すべてが雪に覆われて、名前もない別のものになったようで、一人で興奮していたのを覚えている。

「さすがに、クルマも通らんわのう。俺らのクルマぐらいらわ」

鉛色の霞んだ空では巨大な龍がとぐろを巻いて咆哮しているかのような音が響き、雪面からは雪が噴き上がって、竜巻めいた渦巻きが形を変えながら走って行く。睫毛を弄ぶ雪に目をしばたたかせ、頬や口の感覚もなくなるほどの寒さにもかかわらず、歩くのをやめられない。

――おもっしぇー、おもっしぇー。

そう胸の内でつぶやきながら、一時間ほど雪の中を歩いたか。家影も一本の木もない、だだっ広い雪の一面に出たのだ。いつのまにか町の南側にある田んぼにまで辿り着いていたらしい。

暗さというよりも、激しく降りしきる雪のせいで、長く横切る遠くの地平線も、むこうに見えるはずの弥彦や角田（かくだ）の山もまったく分からない。ただ、茫漠とした雪の一面が、果てなく広がっているだけで、遠近感のきっかけのようなものさえないのだ。そこにただ雪が降り続いているのである。

「ホワイトアウト、言うんだかや。知らん道らば、訳分からんなるわのう」

幼いながらに恐ろしい気分にもなったが、何もない夜の雪原を見回しているうちに、少し先の平らな面に小さな起伏が一つだけできているのが見えた。わずかにこんもりと雪が盛り上がって、濃く青い影を作っている。

——なんだ、あれ……？

一歩一歩深い雪の中に足を踏み入れて、その雪の瘤に近づく。間近まで来たとしても、雪は雪のままでその膨らみが何かなど、想像しようもない。雑草でもまとめたのか、肥料の入った袋を置きっぱなしにでもしたのか。幼い両腕で抱えられるほどの大きさ。わざわざ雪を掘る気も起らず、その周りを歩いただけで、また目を遠くにやった。

「こんげ雪になると、頭が変になってしもうて……」

雪の闇の広がる只中に立ち尽くし、茫然とし、何を思ったか、私はそのまま両腕を高々と上げて、後ろに大の字になって倒れ込んでみたのである。

体の後ろ半分が雪に埋もれて、ニット帽で覆った両耳も雪の中。一気に静かになって、風の音よりも自分の呼吸する音の方がよく聞こえた。

……何も……ない。

何も、ない。何もない……。

ただ、闇空の途中から夥しい虫のようなものが生まれて、一斉に蠢きながら降りてくるのが見える。次から次へ。とめどなく。

——ふしぎらなあ……。

湧き出ては、降ってくる雪片を眺めているうちに、今度は自らの体が逆に天空へと引っ張られるような感じがしてくる。雪の降る速度と同じ速さで夜空へと浮いて行って、自分が雪の田んぼで仰向けに寝転がっているのさえ分からなくなり、気が遠くなった。

——……ああ、ねむる……ねむる……。

瞼を緩く閉じようとした時、はるか雪の夜空から、「ケーケー」と悲しく切なげな声が重なるように聞こえた気がした。ぼんやりと雪の虫の群れのむこうに視線をやると、長い首を突き出して雪空を一心に飛んでいる数羽の白鳥が、霞んで見えた。

——はくちょう、ら……。

こんな雪の夜でも、白鳥たちは飛ぶのか、と寒さも分からなくなってきた朦朧とした頭で思ったその時、ふと我に返って雪の中から跳ね起きたのだ。

この雪の瘤の下には、白鳥が死んでいる！

瓢湖や近くの佐潟にいる白鳥たちが、昼に田んぼに群れでやってきては、冬枯れした土を嘴で突いて餌を捕ったり、休んだりしていたのをよく見かけた。親子の白鳥もいれば、仲間の白鳥もいるのだろう。争いもせず、のんびりと田んぼでくつろいでは、優美な首を伸ばし、クリーム色の羽を大きく広げる姿を、町の者たちなら誰もが見ていた。

だが、寒さなのか病気かで、田んぼに伏したまま死んでしまったら……。そんな一羽の白鳥がいて、その上に雪が降り積もってしまったのだと……。

そう思ったら、幼い私は怖くなってしまい、慌ててその白い雪の瘤の前で正坐して、手を合わせたのだ。合掌したことははっきり覚えているが、その後、どうやって家に帰ったのかまでは覚えていない。

今、思えば、雪で隠れていた田んぼ脇の用水路に落ちなかったのも、雪の只中で眠りに落ちなかったのも、あまりに運が良かったと言えないか。何ものかが助けてくれたとしか思えない。雪の天空を飛んでいた白鳥の鳴き声や雪の塚に眠る白鳥のおかげだったような気もするのだ。

「うん？　なんだ？　……あっきゃ！」

運転手が唐突に上げた声に、はるか昔の記憶の中から現に戻された。

見れば、運転手はしかめた半面を点滅した黄色い光に焙られている。フロントガラス越しに前方を見やれば、雪で霞む中を黄色の回転灯を光らせた大型の除雪車が止まっていた。除雪車の横で、作業員の一人が赤い誘導棒を左右に振っているのも見えた。

「なんだや、これ、通行止めになるんかや」

ゆっくりとブレーキをかけるたびに、車体が尻を右に左に振る。除雪車は前方に巨大なスコップがついているスノープラウというタイプなのだろう。雪も噴き上げておらず、また進んでもいないように見えた。作業員が私たちのクルマに気づいて、ヘルメットや防寒着の肩に雪を積もらせながら、ぎこちない歩き方で近寄ってくる。

「どうしたんでー、こんげとこで、止まってー」と運転手がウインドウを下げながら声をかけると、一気に冷えた雪混じりの空気が車内に滑り込んできた。

「いやー、すみません。新大駅前近くで乗用車二台が、スリップしたまま動けなくなって、こっちも進めないんです」

「こんげ雪らっけ、こうしているうちに、ますます通らんねえなるろう」

「……ですねえ」

「ですねえ、言うてものう……」

作業員はヘルメットの庇に手をやると、そのまま除雪車の方に戻っていく。古町から内野町まではいつもならクルマで三〇分もかからないが、すでに大雪で一時間以上もかけてやって来たのだ。しかも、自分の実家まで後四キロ足らずの所でストップしてしまった。

「何だや。これ、行かんねいうことらか。……どうするね、お客さん。歩く、というのは……これ、難儀過ぎるろ」

子供の頃なら嬉々として新雪に足を踏み入れて、歩いていくのだろうが、とてもその気になれない。大体、今、雪に覆われている実家に帰ったとしても、待つ者など誰もいないのだ。せめて両親の位牌が並ぶ仏壇に線香を上げるだけの話である。

「これ、戻った方が、利口でしょうかねえ」

「うーん、よし、あれら、俺は、へー帰庫するだけらすけ、ここでメーターストップしとくこてさ」

「いやいや、それは悪い」と声をかけたが、運転手は潔く支払いボタンを押して、クルマを前後に何回か往復させた。大きくUターンのためのハンドルを切って前進すると、後ろのタイヤが雪にスリップして、左右に振れる。

「おっと、こっちまで、雪に突っ込んで動かんねなったら、大変らわのう」

「俺はもう怖くて、雪道なんて走れねさ」

「まだ雪道はいいいて。おっかねのは、路面凍結らわ。あればっかしは、どうにもならん」

また来た道を同じように戻るが、車体に伝わる雪道の感触がすでに違った。除雪車が通った道に、さらに新たな雪が積もったのだろう。今のうちに走らせないと、あっという間に立ち往生となる。

「やっぱ、昔どおりのチェーンがいっちゃん、いいんだわ」

巨大な純白の鍾乳洞を進みながら、幼い頃に見た田んぼの中の、雪の塚のことを考える。自分はあの後、風邪をこじらせ肺炎になって一か月も寝込んでしまったのだった。だから、雪が解けて、そこに何があったのかを確かめていない。

白鳥が長い首を傴げにうなだれて、半眼のまま横たわっている。そんな姿をずっと信じ込んで来たが、そこには何も眠っていなかったのかも知れない。ただ、幼い私の想いが埋まっていたことだけは間違いない。

「ほれ、家の方に電話でも入れておけばいいこてさ。心配してるろう」

ルームミラーの中で目尻に皺を寄せる運転手の顔に、ずいぶんと優しい人だと思い、マスクの内で笑みが漏れてしまう。

「いや、もう、実家には誰もいないんですわ。今日は、新年会のために、神奈川から帰省してきたんですがね」

「おうよ、そういうことかね。帰ってきたばっかで、こんげ雪になって、災難らったわのう」と、運転しているにもかかわらず、後ろを振り向いて、またマスクの上の目を細めた。

「……まあ、これは……これで、いいこて」

「ほうせ、古町の、また、飲み屋らか？　何処行くね？」

「新潟駅前のホテルで……」

「おう、了解しましたてえ」

車内の温気で曇った窓から、さらに雪で膨れ上がっていく沿道の風景を眺める。自分がもっと老いて、物事をうまく認識できなくなったとして、同じような雪の降りしきる景色を前にしたら……。

今住んでいる鎌倉でも、故郷の新潟でも、どの地にいても、俺は雪の中を徘徊するのではないか？　天空遠くからの、白鳥の鳴く声をかすかに耳にしながら、今度は自らの塚を作るということも……。

曇ったウインドウ越しに、雪に埋もれた沿道をおぼつかない足取りで歩く老人の姿を想像する。昔よく遊んだ竹スキーのことを思っているのか。それとも、幼い頃にさまよった真夜中の雪の田んぼか。
見上げれば、降りしきる雪の中を白鳥が一心に飛んでいるような気がする。

花時（はなどき）

美の爛れか。乱痴気か。

あふれ、雪崩れて、乱れながらも、ひっそりと静止しているかに見える。だが、奔放に群れ咲き、白くしぶいた花のほころびは妖気をたえず放ち続けているのだ。横にも斜め下にも枝を張り出した狂える満開の様に、ただ呆然とし、力なく溜息が漏れる。

何処を見ても、桜。何処までも、桜。

「一体、これは何なんだ。これは……」と胸中つぶやきつつも、自らの内から浮かれ出る気分を桜にさらに囃し立てられ、笑い出したくなる。同時に、足をちょっと踏み外すように、頭の芯が世間から外れて危うくなりそうな恐ろしい気もしてくるのだ。

春ごとに見る鎌倉山のさくら道の景色だというのに、また今年はやけにこちらを狂わせる。疫病の蔓延にもかかわらず、まったく無縁に咲きあふれる桜の花々は、人間のことなど知ったことではない。いや、人類などいたのか、という咲きっぷりで、このご時世も社会も消えたかのようで、逆に美しいからこそ終末の景色に見えるというものだ。

「俺が狂ったか、狂ったのであるか」

そう愚にもつかぬフレーズを繰り返していたが、心の内のリフレインは、桜花の毬状にひしめいた豊満さや、しだれ、たなびく花々の帯が何処までも続いているせいであろう。白く爛熟した桜花の廂を仰ぎながら緩い坂道を歩き、マスク越しにも花酔いの瘴気に当てられそうである。視線を下ろせば、さざれ石の岩肌のように黒く荒い鱗を見せた老桜が、武骨な太い幹の胴体で踏ん張っている。

悪い瘤をこさえた老躯もあれば、病巣を抉った洞の傷をよじり隠している老体もあって、樹齢はいかほどか。一筋縄ではいかぬいびつな幹から、これまた幾重にも節くれた枝を執着するように広げ、おびただしい花を狂い咲かせている。

道の先を見やると、むこうからのんびりと初老の夫婦らしきカップルが歩いてくる姿があった。男の方は定年退職したくらいか、自分と変わらない年齢に見える。まだ会社勤めの凝りのようなものをその表情に残しつつも、首やら肩やらから何処か放たれた気分が漏れていた。ラフな薄手のニットにチノパンツをはいて桜を指差しながら歩き、それを笑顔で仰ぐ連れの女性の方も穏やかな顔をしている。

近辺に住む者だろう。人もクルマも少ない平日の、さくら道の満開の花をようやく二人でのんびりと謳歌しているというわけだ。このたいした花見好きでもない自分でさえ、人の少ない鎌倉山の道沿いの桜を眺めてみようと酔狂な気持ちで出てきたのだ。

――……後、何回、私は桜の花を見られるんだろっか。

数年前に亡くなった母が毎年春になるとつぶやいていた言葉を、ふと思い出したというのもある。当時はそのたびに、「そんな寂しいこと、言わんでも」などと苦い顔をしてごまかしていたが、確かに昔日の西行法師も詠っていたではないか。

――わきて見む老木は花もあはれなり今いくたびか春にあふべき
母を連れて故郷や鎌倉の桜を見るたび、痩せて背中の曲がった老女は、「わあ、わあ」と子供のような声を上げていたが、施設に入ってしばらくすると、もう季節すら分からなくなってしまったのだ。

満開の桜に喜んでいた母の横にいた時は、私は私で四〇数年も前に死んだ親父のことを思い出していたものだ。まだ小学校にも上がらぬ幼い頃に、父と町に流れる新川沿いの満開の桜並木を見ていた時の記憶が、桜を見ると必ず蘇ってくる。

両岸のあふれるほどの桜の花がはるかむこうまで続いて霞み、橋のたもとからすぐ近くの川面に目をやれば、桜花がしだれ、水面に触れて波紋を立てていた。橋を歩いて中ほどまで行って桜並木を見ると、川面に映った花も加わって、桜の隧道の中にいるようだったのを覚えている。

手をつないでいたか、いなかったか。それは覚えていないが、当時親父は結核で入院していたはずで、一時退院ということで久しぶりに息子と春の散歩を楽しんでいたのだ。私は桜の花の美しさにただ茫然としていたのだが、ふと、ある疑問がよぎって親父の顔を見上げて聞いた。

——さくらって、なんで、はるになると、さくん？　ふしぎらよねえ。

それまでご機嫌だった父親が眉根を寄せながらじっと私を見下ろし、じつに苦渋に満ちた顔をして、「そんげこと、考えるなや」と言ったのだ。それを思い出すと今でも笑いがこみ上げてくる。

今の今まで、「きれいらねえ、きれいらねえ」と桜の花の美しさになりきっていた幼児が、言葉というか分別というか、そんなくだらぬものを持ってしまった瞬間に立ち会って、がっかりしたのだと思う。「ああ、おまえも、世間に入ってくるのか。寂しいことだ」と。

その話を老母に話したら、妙なことに「あんた、それ、夢らろう」と返してきたのである。

——新川の桜は、進駐軍が来て、みんな、切っていったから、もうまばらで……。そんな凄い桜を、あんたが見るわけないいんだわ……。

ＧＨＱが新川の桜を切ったか切らなかったかは分からないが、むしろ母親こそ昔の桜並木の満開ぶりを夢に見ていたのではなかろうか。

一人マスクの中で思い出し笑いをしながら、緩い坂のカーブを歩いて行くと、今度は大学生くらいの若い女性が、スマートフォンを桜の枝先に構えていた。

そうか、こういう春ならではの景色を写真で撮って、SNSなどにアップするのか。こちらはスマートフォンで撮るという習慣すらない。写真で撮るのと、撮らないのとでは、どちらが記憶に定着するのだろう。

スマートフォンをかざした両手が優しく印でも結んでいるかのようで、枝先の桜花に何か施しているのか、あるいは施されているのか。白くほっそりとした陶器のような指に目が行って、路肩の縁に足を取られそうになっている自分がいた。

満開の爛れたような美しさの下を歩いているうちに、時刻や自らの歳まであやふやになっていく。自分が還暦過ぎの初老であることが錯覚のような気さえもしてくる。大学入学のために慌ただしく上京したばかりの若者のようでもあり、まだ小学校のグラウンドの桜並木で遊んでいる少年でもあり、新年度の仕事に乗り遅れ、公園の桜に放心している会社員でもある。

自分が何者であるのかさえ分からなくなり、もう一歩、いや半歩でも足取りを間違えたら、己れのことなど忘れてしまうとも思える。

「おおいに……けっこうなことだ、な」

それもこれも、この桜。どうやってもこの気をおかしくするような桜の美にやられ、妄念ばかりが浮かんでくるというものだ。春を蕩尽して狂い咲く桜の凄さに不安になり、その意味を探ろうとして満開の桜の根元に死体が埋まっているのを幻視した作家がいたが、もうこちらは精神のバランスを取る気さえしない。狂うなら、狂えか。

「……ずいぶんと、俺も、歳を、取ったな……」

緩い坂とマスクとで息が少し上がって、つぶやき声さえ途切れる有様。

「今……いくたびか、春に、あふべき……だ」

ようやく勾配のない所に出た頃、むこうの方に自転車をとめて路肩に腰かけ、桜並木を眺めている黒い人影があった。

休日ともなれば江の島方面から長谷の大仏への抜け道としてクルマが時々通り、相模湾の見える見晴らしのいい地に蕎麦屋やカフェなどもあるせいか、観光客も立ち寄る道だ。だが、平日ならば、歩道の路肩に腰かけて桜を眺めるという乙な手もあるのかと、感心しながら向かっていくと――。

かなり年配の男のようだった。この日差しも暖かな陽気だというのに黒いダウンコートを着て、曲げた膝に手をつき、痩せた首を突き出している。花盛りの桜の下で独りの老爺が春の景色を愛でているうちに、そのいきれに酔ってぼんやりしているなんて、悪くはないではないか。

近づいていくと、古い自転車の前後のカゴから、レジ袋や荷物がはみ出ているのも見える。買い物の途中だったかと、老人の顔に目をやれば、マスクをしたその痩せた横顔は頭上を覆った満開の桜など見ていない。うなだれて、曲げた自分の膝の間の路面を見つめていたのだ。

……？

ダウンコートの襟元から筋張った細い首が覗き、両膝に置いた手首から節くれた指がだらりと力なく垂れている。鳥のほつれた羽根のような手や、よくは見えないが皺ばんだ目元からのつらそうな眼差しに、何処か具合でも悪くなったかと思った。

そのまま路肩に座り込む老人の背後を素通りしたものの、五、六歩と行ってから足を止める。振り返っても、老爺の首を突き出した姿に変わりはない。

「……あのぅ……」

気安く高齢者や子供たちに声をかけるのは憚(はばか)られるご時世だが、まだそれでも同性の年配者ならばと近寄った。

「……大、丈夫、ですか？」

反応がない。これは今いる自分の身の在処が分からなくなったのか、と思った時、頭が動いて、こちらをおもむろに見上げた。

「あ？　ああ……？」

振り返ったマスクの痩せた顔を見て、思わず息を呑み、「爺ちゃんッ」と声を上げるところだった。わずかに下がった目尻の皺や突き出た頬骨、狷介(けんかい)そうな眉間の皺など、あまりに祖父と似ていたが、老いが極まれば容貌が皆似通ってきてもおかしくはない。

何十年も前に逝った祖父の顔を通りすがりの老人に見るのも情けない話だが、その時に発しようとした自分の喉の加減が、まだ若い頃の感じだった方こそ奇妙である。いや、もっと幼い頃の自分の声であったかも知れない。

「……お具合でも、悪いですか……？」

死んだ両親のことを思い出しながら歩いていたせいもあったか。それとも、やはり桜の妖気にやられて、自らの歳が朦朧となっていたせいか。

「……いやぁ……、八〇も過ぎると……、駄目ですなあ……」

皺の中の潤んだ眼の端でこちらを見ると、また緩く視線を落とす。

「桜を見ながら、これを引っ張っていたら……突然、体に……力が入らなく、なってねえ」

自転車を示しながら、不織布のマスクをわずかに凹ませたり、ふくらませたりして喋る口調は、意外にもしっかりとしている。うちの祖父などはもっと不明瞭で、吃音めいた喋り方をしていたが。

「ダメなぁ、もん……ですなあ」

老人はほつれた白髪頭をわずかに動かして、短い視線をこちらによこす。目尻に皺を集めてまた緩い瞬きをしながら自らの足元を見つめ、頭をうなだれた。自転車を漕ぐにしろ、引っ張って歩くにしろ、八〇歳過ぎの年齢で立派なものじゃないか。

「……何しろ、急に、体にね、力が、入らなくなりましてなあ」

「何か、お手伝いできることがあれば……」

「いやいや……もう、お気持ちだけで」と、老爺は痩せた首筋を浮き立たせて、軽く頭を下げる。高齢にしてはかなり確かな受け答えをしているが、急に力が入らなくなったというのは、おそらく脱水症状ではあるまいか。

この暖かさだというのに、ダウンコートを着て、さらにはマスクをつけている。ただでさえ水分摂取を忘れがちな高齢者が、満開の桜を放心したように眺めながら時間も忘れて過ごしていたのであろう。

「あの……余計なことですが、水分……とられた方がいいですよ」

「……水分？」

「脱水症状、かも知れませんから」

「うん……？　脱水？　ああ、水なら……」

筋張って節くれた指が膝から上がりゆるゆると示したので、見れば自転車の後ろのカゴに入れたバッグの脇に水のペットボトルがねじ込んであった。そのバッグがまたずいぶん年季の入ったボストンバッグで、何を詰め込んだのかパンパンにふくれている。

水を取ってあげようと手を伸ばした時、自転車の泥よけに「杜の里ハウス」とシールの貼ってあるのにも気づいた。鎌倉山のもっと先、笛田(ふえだ)にある有料老人ホームに入所されているご老人らしい。自ら自転車でやって来たくらいだから、介護付きではなく、住宅型、自立型というやつか。ペットボトルを渡すと、開栓していない新しいもののせいか、老いた震える指ではなかなか開けられないようだ。

「ああ、開けますよ」とペットボトルを預かって蓋を取ると、また老人の手に戻した。

マスクを顎まで下げた老爺の顔は、やはり祖父とは違う面差しである。白い無精髭をわずかに光らせて、皺は幾重にも寄っているものの歳のわりには顎がしっかりしているように見えた。祖父の口元にあった黒子もない。

「確かに……確かに、水を飲んでなかったですなあ。……ああ、後、大事なもんを忘れてしまって……」

大事なもん……？

何かと老人の顔を見ると、皺の垂れた瞼が遠慮がちに上がって、きょとんとしたような目つきでこちらを見上げてきた。

まさか、自分の入所している施設の場所ではあるまいな……。

よく町に設置された広報用のスピーカーから、行方の分からなくなった高齢者の情報が流れて来るではないか。考えてみれば、今、施設はコロナ感染症の拡大に神経質になっていて、外出などもままならないはず。そこを出てきたというのは……。

無意識のうちにも、着ている黒のダウンコートやカーキ色のズボン、こげ茶の靴などに目を走らせている自分がいた。

「……煙草……」

「……？　煙草、ですか？」

「煙草を、忘れてきてしまって……。まいっておって……お持ちでないでしょうなあ」

「いや、ありますが」

コートのポケットから煙草を取り出すと、ペットボトルを近づけた老人の口元に笑みの皺が刻まれる。

そういうことかと安心して「どうぞ」と一本差し出しながら、自分も老爺の横の路肩に腰かけ、互いの煙草に火をつけた。満開の桜の下で、薄紫色の煙が投網を打ったように広がっていく。

「これが……ないと……」

「分かります」

「生き、返る……ようですわあ」

白い無精髭の光る口角が下がり、さもうまそうに遠い目をして頭上の桜を見上げている。

見知らぬ人の隣に気安く腰かけている自分も不思議だが、満開の桜の陽気とやはりご高齢の老爺の雰囲気が気持ちをほどいてくれているのだ。祖父もよくうまそうにピースの煙を口の中で揉むようにしては深々と吸い、味噌っ歯のような小さな歯を覗かせてゆっくりと煙を吐いていた。確か実家の庭の桜の下で、幼い自分の頭にかさついて枯れた手を優しく置いてくれている写真があったはずだ。

「これが……最後の、桜かと、毎年、思うておりますが……」

「……」

「そう言いつつぅ、どうにも、生き永らえて」

「いやいや」

「……また、今年も、見事な桜が……咲いたもんですなあ……。ああ、だいぶ、楽になってきた」

ちびりちびりと震える手で飲んでいるペットボトルの水のせいか、それともニコチンのせいか。目尻にさらに深い笑い皺を寄せ、かすかに目を伏せて礼を示しているようだった。曲げていた膝を少し動かして、靴先を上げてみたりもして、やはり軽い脱水で痩せた筋肉が言うことを聞かなくなっていたのだろう。

「こんな桜を見ていると、何かボーッとしてしまって、時間が分からなくなりますよねえ」

幼い頃から桜と言わず、町に流れる新川の面(おもて)や茫漠と広がる田んぼの稲穂や五十嵐浜(いからし)に寄せる日本海の波に放心ばかりしていて、一体自分は覚醒している時間などあったのだろうかと思う。

見えているのに見えていない。聞こえているのに聞こえていない。新川の水の中をよぎる魚影を見て、「あ、今の魚、魚に似ている！」と感じる時間の方が好きだったのだろう。世間から逸れた物書きになったのも、三つ子の魂なのであろうか。

「あっち側に行くなど……紙一重で」

「紙一重……ですか」

「ええ。幼子の頃もまた……。ああ、またこんな話をして、私は……」

分かる気がする。幼い頃はいつでもすぐ近くに、黄泉への扉のようなものがあったのではないか。危うい入口やら陥穽の前で偶然にも何者かの手に助けられて、こちら側で息をし続け、そのうちいつのまにか生き死にの辻など忘れてしまうのだろう。

「ああ……ほんとに、楽になってきた……。これは、一服のおかげですかな」

煙草の煙の滑らかな筋が伸びて、蛇腹状になってわななき、崩れ広がる。この煙の軌跡の中にさえ、扉は潜んでいるのかも知れないが……。

満開の桜の醸す気と暖かさにやられて、身の内から何かが漏れ漂っていくようだ。何か呼吸の仕方を間違えただけで、妙な扉を開けそうでもある。幼い頃に、人さらいだの、神隠しだの、と言われていたのは、そんな扉の向こう側に滑り込んでしまったのではないかとも思われる。いや、自ら好んで、現の中にある見えない道筋へと足を踏み入れたくなる幼子というのもいるのだ。

そんなしわがれた声がした気がして、ふと顔を上げると――。

――坊。おめえは、こんがとこで、何してんだや？

祖父が眉間に皺を寄せて見下ろしていた。

私は蛍光灯を消された暗い駅の待合室で、冷え始めたダルマストーブに幼い両手をかざしていたのだ。生まれ故郷の内野町、その木造の小さな駅舎。待合室のダルマストーブ目当てに待合室に入ったのは、夕方の四時過ぎくらいだっただろう。

何が原因だったかははっきりと思い出せないが、母と口喧嘩をして家を飛び出した時のことで、時々ふと思い出したり、そのことについて書いた覚えもある。ただ何故そんな無茶をしようとしたのか、記憶にないのだ。

いつまでも町に流れる新川のほとりで、独り遊んでいたいような子だったから、四月から小学校に入学するのが嫌で文句を垂れたのか。それとも、保育園で悪さをしたのか。なにしろ、小学校に上がる直前のことで、幼いながらにとても受け入れがたいことが持ち上がったことは間違いない。

よく遊んでいた三区の神社で時間を潰したか。新川のほとりで寒風に吹かれていたか。あまりの寒さに、「どーしょー、どーしょー」と胸の内でつぶやいていた自らの幼い声がはっきりと蘇ってくるほどだ。

「そうら！　駅！」

幼い頭を搾って思いついた。

駅なら待合室にストーブがある！

石炭が赤々と燃えて、ストーブの鉄まで赤く染めるほどの暖かさ。あそこなら寒さがしのげるだろうと。まだ五歳の子供にとっては、駅というのは二四時間開いているものとばかり思っていたのだ。

内野駅のそれほど広くない待合室には、行商帰りのお婆ちゃんたちが大きな風呂敷包みの荷物を脇に置いて暖を取っていたり、皺くちゃになった新聞を難しい顔をして読んでいる男、灰皿の吸殻を爪楊枝で刺して、また火をつけて吸っている老人などがいた。最初のうちは、ダルマストーブを囲んだ長椅子に座ることはできなかったが、そのうち人の出入りがある。

当時はまだ蒸気機関車で、一時間に一本来るか来ないかだったと思う。だんだん日が暮れて、駅舎の窓の外は暗くなっていくが、とりあえず目の前にはダルマストーブがある。

時々、駅員がストーブ横の古びた木箱の中から石炭を小さなスコップですくいに来て、乱暴な手つきで放り込んでいった。黒いごつごつしたいくつもの塊がストーブの中で燻り、白い煙を染み出させ、唐突に火の舌が石炭の塊の脇から噴き出したりするのを見ていた。石炭が赤々とするごとに、自分の顔やかざしていた手が焼けるほどに熱くなっていく。

だけど、これから、どうせばいい……？

寝るのは長椅子の上でいいが、腹はどんどん減ってくるだろう。

明日まで待てば、何かいい手を思いつくんじゃないか。親に謝るのだけは嫌だったが、きっとなんとかなる。

その、なんとかなる、との想いの先に、目には見えない扉を感じ始めたのが、駅員のぶっきらぼうな言葉だった。

――へー、駅を閉めるすけ、石炭を落とすろ。帰れ。

そう言ってダルマストーブの中から、まだ赤い石炭がらをスコップで取り出し、塵取りのような容器に入れ始めたのだった。そして、それを持って待合室から出ていくと、電気が消えた。

おそらく十一時くらいだったのだろう。暗がりの中で手をかざしていたダルマストーブが嘘のように冷えていって、湾曲した鉄の壁に掌を当てても熱さを感じないほどになる。寒さで体の芯から震えが来て、私はダルマストーブを抱え込むようにしていたのだ。

――これは……だめという、ことらろっか……。

大げさではなく、子供というのは何かがポトリと落ちるように、死のことを考えるものだ。まったく経験などと呼べるものをしていないからこそ、世間の埒外のものと間近にあるといえばいいか。あちら側に移るなど、一歩跨ぐ感じなのである。

桜の花を見て、桜そのものになりきっていた幼子と同じ。分別も言葉もまだ沼のようにどろどろとしていて、自分自身も世界も輪郭を持っていない。

――坊。おめえは、こんがとこで、何してんだや？

唐突に頭の上の暗がりから声をかけられて、顔を上げると祖父が立っていた。会社帰りで最終の汽車に乗って駅に降り、偶然、暗い待合室の方を見やったら、小さな人影が見えたわけである。こんな時間に幼い子供が一体何事かと近寄ったら、自分の孫だったのだから、祖父もさぞかし驚いたに違いない。

――おやと、けんかしてきた……。

そんなふうに答えたのだと思う。

眉間に皺を寄せ、顔を顰めていた祖父が、一拍二拍してからすぐにも楽しそうな笑みを口元に浮かべたのを覚えているが、それは後年になって私が記憶を作り替えたせいだろうか。ただ、暗がりに感じていた奇妙な扉がスーッと消えて、ようやく私は恐ろしくなって泣いたのだ。

――ほーせ、爺ちゃんが一緒に謝ってやるすけ、帰ろて。

私の生まれて初めての家出は七時間ほどで終わったが、祖父と私はそれ以来、ずっと同志のようになったのだ。

祖父がいかなる苦悩でかは分からぬが何度か睡眠薬を飲んで自殺未遂をした時も、晩年近くになって、「捜すな」という置手紙をして旅に出た時も、私だけは、「爺ちゃんの好きにさせれ」と責めることも、追うこともしなかった。そんな祖父も、最期は家で穏やかに逝ったが。

満開の桜の下、新しいランドセルを背負って、羽織を着た母と小学校の校門で記念撮影をした写真があるのだから、私はなんとか入学したわけである。あの時、祖父が暗い待合室になど目もやらずに駅の外に出ていたら、どうなっていたのだろう。思い出すたびにヒヤリとするような、おかしいような、苦笑がこみ上げてくる。

「や、どれ、立てる……かな」

隣に座っていた老爺が小さな嗚咽のような声を上げて縁石に手をつき、ぎこちなく立ち上がろうとする。ぼんやりとしていた私も、指に挟んでいた煙草を口にくわえ老爺の脇の下に手を添えた。

「おうおう、もう大丈夫です。このとおり……」と、自転車の横でわずかにふらつきながらも軽く足踏みして見せる。白い不精髭の口元には短くなった煙草をまだくわえて、煙をくゆらせていたが、祖父もフィルターのないピースを根元まで吸っていたものだ。

「吸殻……、こちらへ」

携帯灰皿を示すと、皺ばんだ口角を広げてさらにひと吸いして、頭上を覆った桜の花を仰ぎながら長い煙を吐いた。

「つくづく……いい日和ですなあ」

「水、ちゃんと、飲んでくださいよ」

「ああ、これですな」と、枯れて筋張った手の中のペットボトルをゆっくり傾け、痩せ尖った喉仏を上下させた。キャップを閉めて自転車カゴのボストンバッグの脇に無理やり押し込んでいたが、私はそのふくれ上がったバッグの中に入っている物が何か、分かるような気がした。

「いやー、色々とぅ……ご迷惑をかけてしまって……。私は、もう少し、この桜の下を……」

老人が軽く会釈しながら自転車のハンドルに手をかけようとした時に、「これ、よろしかったら、どうぞ」とコートのポケットから煙草と百円ライターを取り出して渡した。

「え、ああ、ああ。これは……ありがたい。また、桜の下で、一服できます」

自転車のスタンドを上げ、少しふらつきながらサドルを跨ぐ仕草を見て、大丈夫だろうかとは思ったが、ここまで乗ってきたのだ。自分など八〇歳まで生きるかどうかも分からぬが、その歳になったとして、自転車を漕ぐなど無理ではなかろうか。老人はそんな体力があるから、言葉もしっかりしているのだろう。

「それじゃ……」

「お気をつけて」

ダウンコートの袖口から覗いていた指がわずかに緩む。ブレーキを外した自転車がゆっくりと滑り出し、老爺は左右に揺れて落ち着かないハンドルにしがみつくように乗っている。桜花が爛れたように覆いかぶさるなだらかな坂道を、自転車はぐんぐんとスピードをつけて降りていく。

………いい旅を。

見る間に老人の黒い背中が小さくなっていくが、いっこうにブレーキをかける気配がない。すでに自転車は緩いカーブに入っていて、そのまままっすぐ突き抜けてしまうのではないか、と思っていると、あたり前にカーブに沿って曲がっていく。

ブレーキの軋む音も聞こえなければ、速度が落ちる感じもなくて、老人は満開の桜の下を滑降していくのだ。心配で尻のあたりがモゾモゾしていたこちらも、思わずマスクの内で深呼吸した。桜の霞むカーブのむこうに消えた老爺を見送って、またゆっくりと歩き出す。

このまま、さくら道を歩いているうち、老人の入っている施設の職員と会うかも知れない。血相を変えて老爺を探していて、道行く人に、「見かけませんでしたか？」と声をかけ、私にも声をかけてくるだろうか。

惜しむことも知らぬようにふんだんに咲き狂った老桜の幹のむこうに、相模湾の水平線が霞んで見える。

——いや、見かけませんでしたねえ。

私はそう答えるのだろう。

もう少し……もう少し、桜の下を爽快なハンドルさばきで走らせてやってください。

はるかむこうの海を眺めながら、コートのポケットに手を突っ込む。煙草を探している自分に気づいて、またマスクの中で笑った。

言問（こととい）

さんざめく新緑の戯れに溜息をつく。

葉影の間から覗く遠い海のきらめきをも、力なく茫然と見やる。

一体、俺はどうしたというのだろう。

こんなにも若々しく艶やかな葉が群れ踊り、その間から見える相模湾の光が眩しく瞬いているというのに……。

鎌倉の山中は繁茂した初夏の樹々からのいきれで噎せそうなほどだが、時々幹の間をすり抜ける涼しい風が一掃する。すぐにも腐葉の下の黒土が黴臭い気を醸し、奔放にあふれる草や葉の青臭さに包まれては、また海からの風が掃いてくれる。

爽やか、などという言葉を使うのもためらわれる歳になってしまったが、緑陰の風といい、目の奥まで慰撫してくれるような若葉の緑といい、心地いいはずなのだ。マスクを外して一歩一歩人のいない鎌倉の山径を歩いて行くたびに、シジュウカラやエナガやホオジロの鳴き声が頭上で木霊もする。落ち葉の堆積する径をしっかりと踏みしめながら行けば、まだわずかに身に残っている精気が甦ってくるというもの。それなのに……。

嫌というほど見せられているのに、さらに連日テレビやネットでは凄惨で残酷な街の様を映し出し、戦況をレポートしている。狂気へと陥っていく暴君の眼差しがもはや昆虫のようにも見えてきて、毎夜自分が魘されている悪夢以上の相貌へと変わっている。炎や噴煙を上げ、焦土と化した街に無残にも点々と横たわるモザイク入りの遺体の数々や、逃げ惑う人々の切迫した姿に、重い溜息を漏らすことすら難儀になってきていた。

——ウクライナの高齢者、薬が底をつき、避難できず。

——マリウポリ近郊に集団墓地か。

——東部マリウポリの市内の犠牲者は二万人超。……

塞ぎや鬱的な気分を抱える余裕など現場の戦地ではあるはずもなく、だらしなく唇をゆがめてテレビを見ているだけの自分に嫌気が差して、外に逃れ出てきたといった方がいいか。

樹々の葉のざわめきと鳥たちの声が枝々で交差するのを聞きながら、ただ黙々と歩いているうちにじんわりと汗までかいている。タコの足のように曲がりくねって隆起した根をまたぎ、岩清水で湿った勾配を慎重に降りて、また網の目のように張り巡らされた樹々の根の間に足を踏み入れる。

膝にからみつく草や、頭をかすめる蔦や、不意に顔にまとう蜘蛛の巣などを払いながら、獣道のような細い山径を歩いているうちに、今自分が何歳で、何時代に生きているのか、おぼつかなくなるような気がしてくる。

生き延びられるのか。

そんなことを胸中つぶやいていて、足取りが重く跛行となったりする。

……このまま自害か。

あるいは、戦から逃れて、世捨て人に……。

矢の突き刺さった破れ甲冑を鳴らし、足を引きずっていたのは、ほんの少し前のことではなかったか。泣きながら血糊の乾かぬ太刀を草で拭き取ろうとしていた記憶もあるような気がしてきて、もはや髻の取れたざんばら髪を揺らし、這う這うの体で山径を下る落人のようでもある。

自分だって分からない。いつの時代、いずこかの国に生まれていたら、人を殺め、人に殺められる。それも必定か……。と、妄想を妄想として感じられるのも、いまだ鎌倉の山中を歩く自分が、恐ろしい災いから隔てられているからこそなのだろう。

そう思った時、横須賀線を走る電車の音が谷戸の下から聞こえてきて、ほっとしている自分がいる。

情けない……。

俺など刀も銃も持たず、いち早く逃げ出すに決まっている。人様の命を奪うなど、いかなる時も許されることはないはず、と当たり前に心に念じてはいるが、あるいは、ひょっとして、戦場で自分は狂ったようになり、無辜の民でも見境なく乱射し、女性を暴行し、幼子の命さえ弄ぶことをしてしまうのではないか。

　恐ろしい。

　短く息を放つ。頭を振る。

　線路を走る横須賀線電車の残響を耳にしながら、濡れて滑りやすい岩肌の径を下りると、古い墓石群が立ち並ぶ所に出た。鮮やかな緑色の苔に覆われた年季の入った墓もあれば、御影石の角も新しい最近の墓もある。樹々の密集する谷戸の狭間にできた墓地は、鎌倉五山第三位の寿福寺のものだ。

　源頼朝が没した翌年に、妻の北条政子が創建した寺は、墓地脇の細い径を下ると、こぢんまりとした本堂と樹々に囲まれた瀟洒な参道があるのだが、何の気なしに、墓石群の間の径へと足が向く。

　墓地の奥へとゆっくり歩いていると、朽ちた仏花や燃え残った線香のにおいが草いきれと混じり、時々蚊柱が顔をかすめる。ふとズボンの尻のあたりを何かがくすぐるようで、何処ぞの墓から手が伸びてきたか、と思わず尻に手をやった。ポケットに入れていたスマートフォンがかすかに震えている。

　取り出して画面を見れば、小町通りの路地裏にある馴染みの飲み屋の主人からだった。

「ああ、今、何処、ですか？　……ひょっとして、新潟、とか？」

スマートフォンをあてた耳に、唐突に声が飛び込んで来る。静かに沈んだ墓地とはまったくそぐわなくて、思わずこちらも苦笑した。

「ええ？　今？　鎌倉だけど。なんでまた、新潟って」

「いや、この時期、よく帰省していたじゃない」

まん延防止法が出ても協力金も貰わず、細々と地道に店を開け続けていた男は、私と同い年の昭和三四年生まれで、幼い頃見たアニメも映画も共通していて、カウンター越しによく話があった。

「ああ、おふくろが生きてた頃は、介護でね……。今、寿福寺」

「寿福寺？　それはまた……。地元の人間が、お寺って」

観光客のようなことをしていると、おかしく思ったのだろう。スマートフォンを耳にしながら見渡すと、大きなすり鉢の底にいるようだ。見上げたその縁には繁茂した樹々の緑が覆いかぶさり、立っている底にはびっしりと様々な墓石がひしめいている。

「なんか寿福寺で、あったんかね。法要とか？」

「いや……テレビはウクライナばっかだから、憂鬱になってさ。外を歩き出したら、ここまで来た」

スマートフォンの奥から乾いた笑いが聞こえる。

「子供、みたいじゃない」

「子供だよ」

さらに耳元を笑い声が擦った。

山際には岩壁を穿ってできたいくつものやぐらがあって、ぽっかりと闇の口を開け、暗がりの中に墓を浮かべている。

いつもはほとんど誰も見かけない所だが、鎌倉時代を舞台にした大河ドラマの影響で、本堂の方からか、人の話し声や出し抜けに笑い声が谷戸に響いて届き、何人かの人影も墓石の間に覗いていた。

「寿福寺さんも、観光客、けっこう来てるんじゃない？　あの、大河ドラマの……」

「ちらほら、だな。……で、どうした、大将」

横を見れば、加藤家、梅澤家、郷原家などの、地元鎌倉で代々続く家の墓が並んでいる。

「ああ、いや、前に話していた、十四代がやっと入ってきたから、どうかと思ってさ……」

「十四代？　それ、行くわ」

またスマートフォンの奥で小さな笑いが爆ぜる。

「世界の情勢に憂えていたかと思えば……。まあ、待ってますよ」

笑い声の尻尾を引きずるようにして電話は切れた。

山壁に沿って歩いていると、尼将軍の政子を納めたやぐらの前に出る。樹々が雪崩れたような山から清水が染み出しているせいか、足元の土もぬかるんでいるが、一歩二歩と黒土の小さな水溜まりをよけ、頭を下げる。

昔日の時代にも哀れな権勢欲にとらわれて、どれほどの多くの人の命が失われたか。今でも土を掘れば、おびただしい人骨が現れる地が鎌倉でもある。北条政子の墓を過ぎると、すぐ横に矩形に輪郭を切り取られたやぐらがあって、政子の次男・源実朝の五輪塔が奥にひっそりと控えていた。

立ち止まる。

やぐらの上から、ほつれ髪のようにシダや蔦が垂れ下がり、削った岩肌には苔や岩煙草(いわたばこ)や黴が覆っていた。やぐらに近づくと、薄暗い内壁の岩はおびただしい鑿痕(さっこん)が斑(まだら)に残って、ナマコのような軟体動物がひしめいているかに見えた。だが、奥に鎮座している黒い五輪塔はうっすらと埃に覆われながらも、静かな佇まいをしている。

——この若い将軍も、戦などしたくなかっただろうに……。

矢並みを繕う武士たちの籠手(こて)に、霰がたばしるのを見ても、鶴岡八幡宮の太く立派な宮柱に、萬代に栄える鎌倉の里を願ったにしても、男の作った歌は戦に血をたぎらすもののふ達の野望など微塵も感じさせない。

——炎のみ虚空にみてる阿鼻地獄行方もなしと言ふもはかなし

兄の源頼家や比企能員らと、北条時政らとの闘いに幼い身のまま巻き込まれ、血で血を洗う政争、殺戮、陰謀に翻弄されて訳も分からぬまま三代将軍になった男……。

逃げようにも逃げられない。何処を見ても、狂ったような炎で焙られる阿鼻地獄で、無辜の人々が死んでいく。一体、この世とは何なんだ、と若き実朝は絶望し、嘆いたのだ。

「……あれ、政子の、お墓？　あ、そっちは？」

後ろから子供の声が聞こえてきて、さりげなく視線を移せば、若い母親と小学三、四年生くらいの男の子がやぐらに近寄ってきた。慌ててこちらもポケットに仕舞い込んでいたマスクを取り出して耳にかける。やはり、テレビドラマの影響なのだろう、親子で鎌倉の歴史名所を歩いているらしい。

「こっちは、政子の子の、実朝のお墓だねえ……」

「さねとも」

「ほら、さっき行った八幡宮で、殺されちゃった人……」

今は倒れてしまったが、秋になると見事なほど黄金色に黄葉して鶴岡八幡宮の境内を圧倒していた大銀杏。実朝はその脇の石段で、大銀杏の裏に潜んでいた甥の公暁に暗殺されてしまった。確か、二六歳。

通り過ぎる親子にわずかに会釈したが、足元のぬかるみに目を落としているのか、むこうは気づかない。

「……どうして、昔の人は、そんな、殺すなんてことするの―？」

「……昔、だけじゃ……」

若い母親は実朝のやぐらの前に立つ初老男を気遣いでもしたのか、言葉をマスクの内に籠らせ、飲み込んでいるようだった。

二人の親子の後ろ姿が遠くなるのを見送っていると、自らの身がやぐらの中の暗がりにいるような気分になる。深く抉(えぐ)られた岩穴の奥から外を見れば、黒く縁どられた矩形の枠ごしに、千変万化の現(うつつ)が映し出されて、五輪の石と化したこちらだけは時間が変わらないかのようだろう。

目をやぐらの暗がりに戻して、一歩二歩と近づいたが、その入口で足を止めた。

――いとほしや見るに涙も止(とど)まらず親もなき子の母を尋ぬる
実朝の歌がまたふと脳裏をよぎる。こんな優しく切ない歌を詠んだ実朝は、今のウクライナの情勢をいかに思っているか。その歌には詞書(ことばがき)がついていたはず……。

――道の辺りに幼き童の、母を尋ねていたく泣くを、その辺りの人に尋ねしかば、父母なむ身罷りにしと答へ侍りしを聞きて詠める。

実朝の墓に頭を下げて踵(きびす)を返すと、それまで聞き逃していた野鳥の鳴き交わす声が戻ってきた。だが、地面のぬかるみに目を落としつつ見えてくるのは、砲弾で崩れ落ちたビルや、炎と黒煙を上げる家々や、荒れ果てた残骸の中を泣きながら歩く幼児の姿ばかりだ。

……どうして、昔の人は、そんな、殺すなんてこと……。

さきほどの子供の声が耳の奥に残っていて、私がいたこともあってか安直な答えを憚った母親の声までが沁みてくる。

ああ、そして、自分も子供の頃に聞いてしまったのだ。

「ねえ、戦争で、人を殺したことある?」、などと……。

とろりとしたミルクコーヒー色の川面に、小さなプラスチックの浮きが上下に揺れている。時々、浮きの脇をエクボのような渦や攣れた水の皺がゆったりと川下の方に流れて行きもする。かすかに生臭い水のにおいと草いきれがするのは、川辺のにおいというよりも、ミミズが入った餌箱のせいかも知れなかった。

横を見上げれば、麦わら帽子をかぶり、ハイライトの煙草を斜めにくわえた父が、新川の水面に反射した光を受けて眩しそうにしている。その細めた視線の先は釣り竿の先と浮きだ。

町に流れていた新川の崎山橋のたもとで、親父はきまって細い竹の釣り竿一本で釣りをした。泥酔して夜中に遅く帰って来ても朝の四時半近くには起きて、一人新川の辺りに行って釣り糸を垂れた。釣れても、釣れなくても、関係ない。大体、竹一本の釣り竿ではフナとコイ、ボラと雷魚くらいしか釣れなかったが。

日曜の朝だけ父の釣りに付き合うようになったのは、小学三年生くらいからだったか。私も短い釣り竿を持つようになったが、まったくボウズの日など何が楽しいのか分からない。だが、父は穏やかな眼差しで、じっと川面の浮きと竿の先を見つめ続けていたのだ。

新川の向いにある静田(しずた)神社の鬱蒼とした森には、白鷺が何十羽と枝々に止まっていて、初夏だというのに雪があちこちに残っているようだったのを覚えている。水面に揺れる光が軟体動物に見えたり、ゾウリムシやアメーバのようにゆがんだりする。その面白さが幼い私の退屈な釣り時間を紛らわせてくれていたのかも知れない。

何より父と一緒にいる時間が嬉しかったのだろう。父は私が小学校に上がるまで、結核で長期入院して家にいなかったし、平日は私が起きる前に会社に出かけ、帰宅も私が熟睡している真夜中だったから。

川面の光の動きに目を細め、時に川の中ほどで爆ぜる大きなコイの銀色の腹に声を上げれば、父は煙草をくわえた唇の片端を上げて微笑んでいた。だが、何を話したのか、ほとんど覚えていない。

「学校は楽しいか?」「友達とはどんげ遊びをしてる?」「今度、飯盒(はんごう)持って、キャンプ行くか?」……。

いや、何も話さず、二人して釣り竿の先を見つめていたのかも知れない。父と子にありがちな会話があったのかどうか。黙って新川を眺めていたという印象ばかりが残っている。

ただ一つだけ鮮明に覚えているのが、私が無邪気にも浅はかな問いを向けた時のことだ。

「……ねえ、戦争で、人を殺したことある……?」

大正一二年生まれの父は旧制中学を出た後に、陸軍の高射砲部隊入隊となったと聞いた。小柄であったにもかかわらず、県で優勝した柔道選手で、軍隊でも相撲大会で五〇人抜きをやったらしい。

新兵を殴ってばかりいる意地の悪い上官に出す飯米に、皆で毎日丸刈り頭からフケを落としてやっただの、台湾人の生涯の大親友ができただの、あるいは高射砲の爆音にやられ、左耳から血が噴き出して聴力が落ちたという話を聞いたことはあったが、戦闘での生き死にの話は一切聞いたことがなかった。

ごくまれに、黴の浮いた古い革張りのアルバムが引っ張り出されて、軍隊生活をしていた時の写真の幾枚かを見せてもらったこともある。そこには、所属する部隊の集合写真や、夜の闇空に太い光の柱を放射するサーチライトや、一分の隙もないほど整頓された兵舎の中の様子、あるいは腕相撲をしたり、円座になって笑っている若い父や仲間たちが写っていて、悲惨で酷い戦闘の写真など一枚もなかった。

自分はあの時、何を思ったのだろう。何かきっかけがあったわけでもない。川面に揺れる浮きから目を上げて、横に座る父に唐突に聞いたのだった。

と、いきなり、父の顔から血の気が引いたようになって、麦わら帽子の下の目を剝いた。

そして私を見据えると、驚くほどの怒声を張り上げたのだ。

「そんなこと、あるわけないだろ！」

あまりの大きな声に新川の面が波立つかと思うほどで、静田神社の白鷺がいっせいに飛び立つかに感じた。幼い私は父の反応に仰天して体が強ばったが、それでも、「だって、戦争は……」と口ごもりながら、おずおずと言葉にしたのだった。

「馬鹿なことを聞くもんじゃない！」

陽気で優しかった父が、何故こんな剣幕で怒るのか分からなかった。しかもいつもの新潟弁ではなく、父の口からは聞きなれない標準語だったのをはっきり覚えている。

幼い私にとって、戦争は自分の知らない遠い時代のことだったが、今から考えれば、ほんの二〇数年前の話だったのだ。新潟駅近くには街角に社会鍋を置いた救世軍が立っていたり、私の生まれ育った内野町でも包帯を巻いた傷痍軍人や、軍隊生活で精神を失調し、怒鳴りながら自らの頬を平手打ちし続ける者を見かけたこともあった。

父は父で、幼い私が新川の水面を見つめながら、残酷な戦争について思いを凝らし、小さな胸を痛めていたとでも思ったのだろうか。敵とはいえ、人が人を殺める酷さを幼いながらに悲しむ息子から、その殺戮をあなたはやったのか、と問い詰められた感じに聞こえたのかも知れなかった
ずいぶんと自分も残酷なことを……。

その後、どんな感じで釣りが終わり、どうやって家に帰ったのかも覚えていない。

――物いはぬ四方の獣すらだにもあはれなるかなや親の子を思ふ
実朝はそんな歌も詠んでいた。

やぐら前で会った少年に、若い母親は何と伝えたのだろう。言葉も話さない獣でさえ、親は子のことを最も想っている。慈悲の心に動かされることよ、と若死にした将軍は詠んだが、この歌の裏には、それなのに人間だけは……という嘆きが含まれているのだろう。親が子を殺し、子が親を殺しさえするのが、人間だと。人間だけだと。

振り返ると、噴煙のように溢れる緑が山から覆いかぶさり、その下の岩肌には、何事かを囁きかけるように口が開いていて、寂しげな暗がりを宿していた。


鎌倉駅前の人だかりが、小町通りに入るとさらに唖然とするほどの人、人、人の混み具合だった。

マスクを顎に下ろして、いちご飴を舐めながら歩く中学生の集団は修学旅行だろうか。ベビーカーを押す若いカップルやハイキング姿の高齢者の集団、鮮やかなレンタル着物を着て、スマートフォンを構えている若い女の子たち……。

「大仏まで行って、そのまま由比ヶ浜って、どう?」

緩いタンクトップから髑髏（どくろ）のタトゥを入れた二の腕を剝き出しにした若者。

「記念に人気の鎌倉殿グッズなど、いかがでしょうか」

作務衣姿の店員が観光客たちに声を張り上げる。

「あれ、良くない？　『上様のブランチ』でやってたやつだよね？」

「次、どこいくのー？　足、つかれたー」

「一幡（いちまん）の袖塚って、妙本寺だよなあ。本覚寺だったか？」

「もう、夏休みまで、リモート授業で良くね？」

土産物屋や蕎麦屋、とんかつ屋に呉服店、天ぷら屋に玩具店。多くの店がひしめく小町通りを、ずっと鶴岡八幡宮方面まで夥（おびただ）しい数の頭の波が続いている。それまで小町通りの雑踏を見るたびに、新型の感染症に警戒したり、巨大地震が来たらどんなパニックになってしまうのか、と思っていた。

だが、今は、こんな時に何処かの国からミサイルでも撃ち込まれたら、と考えている自分がいる。実朝の詠んだ阿鼻地獄。実際に、ほんの八〇年前にはそうだったのだ。

人々の間を縫いながら、小町通りを右へと抜けて狭い路地に入った。通りよりもわずかに翳った路地は少し黴臭く、みすぼらしげな柳が一本、長く垂れた枝を揺らしている。所々ゆがんで足場の悪いコンクリートの敷石を歩き、雑草ばかり生えた塩漬けの狭い空き地を右に見て、左へと曲がる。さらに細く薄暗い路地が緩く傾斜していて、そこに足を踏み入れるたびに現世と他界の境にあるという黄泉比良坂（よもつひらさか）を思い起こすのだ。

それでも赤提灯が灯っていたり、看板灯の蛍光灯が青白い光を震えさせていたり、何処かのスナックからカラオケを歌うだみ声が聞こえてくる。たった一本道を隔てただけなのに、小町通りの賑わいが嘘のようで、酔客たちの澱だけが潜んでいるような路地を行くと、年季の入った縄のれんが目に入った。

「ああ、いらっしゃい」

カウンターの陰から白髪混じりの頭が現れて、首元に垂らしたタオルで顎を拭っている。陽気というわけではないが、いつも照れたように笑い、目尻に幾重もの皺を寄せる男だ。さっそくに来たな、と胸中ほくそ笑んでいるのだろう。

短いL字型のカウンターで五人座ればいっぱいになる小さな店には、まだ誰も客はいない。一番端に座って、「まずはビールだな」と声をかけた。

「お寺巡りで、そりゃ、ビールがうまいわなあ」

「俺、意外と、寺回るぞ。あちこち」

「いやぁ、鎌倉生まれ鎌倉育ちの人間は、寺は……ね。八幡様にはお詣りに行くけどねえ」

冷えて霜で曇った生ビールのジョッキが出てきて、「大将もやれよ。どうせ客なんて来ないだろ」と冗談を言えば、「また相変わらずだな」とすでにビールサーバーにジョッキをかざしている。

首に筋を立て、開いた口から銀歯まで覗かせて、「確かにぃ、美味いぃ！」と低く唸る大将は、ずっと自分より穏やかで落ち着きがある。以前は江の島の方で人気のフレンチをやっていたという話だが、星幾つなどというのが面倒臭くなって店を畳んだらしい。

「寿福寺の方も、緑が綺麗だったでしょ」

「源氏山から下ってきた。裏の、政子・実朝の墓参りもしてきたさ」

「それは、また、ずいぶん歩いたねえ。テレビ……つける？」

BGMもない店だが壁際に小さな液晶テレビがあって、時々客が野球や相撲中継を見たくなるとスイッチを入れる。

「いや。もう、あのウクライナの映像ばかりだろう。うんざりだよな」

大将が口の両脇に深い皺を入れて、小さくうなずいて見せる。手元のジョッキを見ると、すでに白い泡の縞模様が何段もついていて、あっという間に空に近くなっていた。もう一杯勧めようと思うと、むこうから「何か、焼く？」と差し向けてきた。

「ネギマとレバ塩、かた」

「承知」と、カウンターの内で熾していた備長炭の上に串をかざしていく。すぐにも煙が燻り始めて、大将は慣れた手つきで串を次々に回しては、首元のタオルで顎や口元の汗を拭っていた。焼き具合を見守る、伏した加減の眼差しも前よりもずいぶん優しくなったなと思いながら、私は煙草に火をつけた。

「ビールの後は、さっそく、十四代本丸、出すか」

かすかにアルコールが回ったせいか、今さっきまでの小町通りの喧騒が、いつの、どの町のことだったかと思っている自分がいる。やはり、黄泉比良坂にある洞にでも入り込んだか。そう思うと、おかしくなって一人息を漏らした。

「うん?」

「いや、落ち着くと思ってさ」

「……それは、どうも」と大将は口元を微妙にゆがめて笑みを浮かべる。

「はい、お待たせ」

小皿にのせた四本の串がカウンターに置かれ、クーラーの中から取り出した一升瓶をさりげなく掲げている。枡で受けたグラスの中に澄明な光が注がれていく。みるみる光が溢れて枡の中へと零れ、たぷたぷとグラスも枡も酒で満たされた。

「いやいや、これはッ」

尖らせた口の方から枡とグラスを迎えに行って、一口やる。米の奥行きのある甘さと澄んだ香気に唸れば、一気に旨さが脳天を突く。べしみのように口角に力を込め、両目を固く閉じると、早くに死んでしまった父の顔が浮かんできた。親父も確かこんな呑み方をしていたな。そう思っていると、カウンターの中から小さな笑いが漏れた。

「なんだ?」

「旨そうに呑むなあ、と思ってさ」

大将が目尻に何本もの皺を寄せて笑っている。この男の父親も同じような表情をして笑っていたのだろうか。

「大将……。大将の親父さんは、何年生まれだった?」

「うちは……確か、大正の一四年だったか、な」

「じゃ、戦争は行ったんだ」

一瞬、大将は眉を開いて虚を衝かれたような顔をしたが、「行った。ビルマとか言ってたなあ」と答える。

「俺の親父は、内地。陸軍の高射砲部隊だったと」

「一体、また、どうした、そんな……」

「いや、このウクライナのさ、惨状を見てて。日本だって……いつなあ。しかも、俺らの親父が行ってた戦争って、ほんの八〇年前の話だと思ってさ」

大将はじっとこちらを見入っていたが、深く何度もうなずいて、歯の間から細く息を吐き出した。

鎌倉時代の戦にしても、太平洋戦争にしても、ウクライナ戦争にしても、人間の愚かさは変わらない。相州鎌倉のもののふと越後国の田舎侍が決死の形相で太刀を交える世もあっただろうに、とカウンターの中の男を見つめる。こんな幼稚なことを考えて、酒が本格的に回ってきたのだろうか。それとも、実朝の墓の前で幼い頃のことを思い出したせいか。

　こちらが口を開きかけようとした時、大将の方がわずかに遠い目をしながら言ってくる。

「……親父は、なんかビルマのジャングルで足首を撃たれて、鉛の弾を麻酔なしで取り出したの……、罹ったマラリアを、大量のニンニクを食べて治しただの……話してたなあ。何度も、何度も」

　薄い唇の片端を上げて恥ずかしげに笑っているが、ふと遠い視線が戻ってきてこちらを見る。

「でも……実際に戦っている話は、ね、一度も、言わなかったなあ」

「………」

「言いたく、なかったんだろうねえ」

「……うちも、そうだったなあ」と、こちらも答えるしかない。

「まあ、そんなこと……、なんであれ、子供に話すことじゃないしねえ」

　私は何度かうなずいて、グラスに口を近づけたが、胸中を重く苦いもので塞がれるようだった。グラスの中の酒の波紋に、新川の水面の光をまた思い出し、横に麦わら帽子をかぶった父が釣り糸を垂れているかに思える。

　ハイライトの煙草のにおいや父の体臭が鼻先をかすめた気がして、誰もいない横の席に何げなく視線をやった。父は独り、新川で釣り糸を垂れて、何かしらのバランスを取っていたのかも知れず……。

　おどけてゴリラのダンスだったかをして家じゅうを笑わせた父の姿が蘇り、また泥酔して前後不覚になりながら夜の町を彷徨っている姿も浮かんできた。

「さ、もう一杯」

「おう」

　その声は自分の声だったか。親父の声だったか。

　私の記憶にある親父は、陽気な父と泥酔している父。そして、静かに釣り糸を垂れている父、しかいない。

　話すべきでないことを多く抱えていくのが、歳を取ることなのだろう。そんなことを思っていると、店の戸口の曇りガラスに人影がふくらんだ。勢いよく戸が開いて、八〇代前半の痩せた老人が仏頂面を覗かせている。と思うと、いきなり相好を崩して、「よう!」と大将に声をかけた。

「ああ、オヤジさん、早いじゃないですか、今日は」

「もうよ、婆さんがテレビばっか見てるだろう？　ずっとロシアの馬鹿どもの画面ばっかでよう。やってらんなくてさあ」

　大将が私の方を見て、口角を上げて目尻に皺を寄せる。オヤジさんと呼ばれた老人は目ざとくカウンターの一升瓶を見つけて、「これだッ」と声を上げながら椅子に腰かけた。

私は枡を掲げて老人に軽く会釈して、また一口やる。
呑み方も酔い方も、ますます父親に似るのだろう。一人、苦笑いを噛みしめた。

帰途

花立にあふれるほどたっぷりと水を入れて、仏花を静かに挿し入れた。

水がきらめきながら零れて、波紋を浮かべながら石を伝っていく。

黄色や白い菊の花々よりもひときわ大きな百合の花が、甘くきついにおいを放って、香炉からくゆる線香の香と混じり合った。

　桶から柄杓ですくった水を何度もかけた墓石は、しっとりと濡れてはいるが、強い日射しですぐにも斑に乾いていくのだ。手の甲で額の汗を拭い、もう一度柄杓の水を竿石の頂からゆっくりとかけた。

　八月の盆よりも少し早めに帰省して、数日ほど実家で過ごし、新幹線がラッシュとなる前に帰ろうと墓参にやってきた。その足で新潟駅に向かい、午後の六時からの新橋での会合に行けばいい。

　だが、この暑さ。ジャケットなどすでに脱いでいたが、何もしなくてもポロシャツの背の内に汗の伝うのが分かる。駅に着いたら、すぐにでも着替えねばならない。故郷のフェーン現象の暑さは馴染みではあったが、瞬きするだけでも眩暈がするほどなのだ。いつもは浜の方から墓地の方へ海風が吹いてきて、蠟燭の火を点けるにも難儀するのに、揺らめきもしない炎は日光の眩しさで、灯っているのか分からぬほどである。蠟燭に火が点かなくてもいいから、海からの風が欲しいところだった。

「暑っちぇな……」

墓石が乱雑に並ぶ墓地内の、少し離れた所に、斜めに傾いだ大きな松が何本か陰を作っているが、なにしろ手を合わせることが先だ。草いきれや散り敷かれた松の枯葉のにおいに混じって、線香や仏花のにおいが鼻先をよぎる。そのにおいを嗅ぐたびに、墓の内にいる親父に会いに来たと思っていたものだが、すでに墓には母も三年前に入ってしまったのだ。

墓前にしゃがみ、合掌し、瞑目する。その間にも額からこめかみへと一筋汗が伝うのが分かった。この暑さでやぶ蚊さえ一匹も寄ってこない。父と母の顔を脳裡によぎらせて、日頃の感謝を胸中つぶやいてみたが、ふと思い浮かぶのは、父の墓参りにやってきた時の、母の冗談のような言葉だった。

——いやぁ、私も、そのうち、ここに入るんだろっか。こんなとこ、いやらわあ。

思わず瞑目したまま思い出し笑いをしている自分がいたが、その時も私は噴き出してしまったのだ。

——おふくろ、当たり前らこてや。他に何処に入るんで？

確か、私はそう笑いながら聞いたはず。

——うーん、おじいちゃんとおばあちゃんのとこの方がいいわぁ。

つまりは、母の実父母の墓ということである。長年住み慣れた内野という町にある墓の方がいいということか。日和山(ひよりやま)の墓地は内野からクルマで三〇分ほどかかる所にある。

——それは、しかし、どうなんろ？

——だって、こんな、古いお墓……。

そういうことか、と、所々苔が浮いたような、年季の入った墓を眺めたが、私自身は墓石に刻まれた文字さえも摩滅しかかっているのが、むしろ趣があっていいと思った。そのうち傾き、崩れ、雑草に埋もれるのも悪くないではないかと。

——そんなん、死んでしまえば、分からんわや。

——まあ、そうらけどねえ。

そう言って母も笑っていたが、本心は分からない。せめてと思って、母が亡くなって一年後に、本人が少しは気に入ってくれそうな新しい墓に建て直したのだった。

嫁に来て私を産み育てた母親が、八〇代の後半になってから、「おじいちゃんとおばあちゃんのとこ」などと洩らした言葉がおかしくて、また独り笑う。

膝に手をついて立ち上がると、あまりの猛暑に視界から色が抜けて、白くなる。墓の燭台を見やれば、炎の熱のせいというよりも強い日射しのせいで、蠟燭の中ほどから軸が曲がり始めているではないか。早めに水分をとらないと熱中症になりそうだと、バッグからお茶のペットボトルを取り出そうとした。

その時、何か細く高い声が聞こえてきた気がして、耳をそばだてる。まさかな、と墓石に刻まれた文字に視線をやったが、線香のふんだんにくゆった煙が供花にまとわりついては、文字の刻みを舐めているだけ。と、また何か聞こえた。暑さによる耳鳴りのせいか？と、視野の隅に動く気配があって、見れば、他家の墓を囲うコンクリートの境界の中で何か動いているようなのだ。誰も墓参にもこないのだろう、外柵の中も雑草が伸び放題になっているが、その草が時々揺れて、また小さな鳴き声がする。

「……何だ……？」

目を凝らし近づいていくと、墓石近くの雑草に紛れて、生後一か月か二か月か、一匹の小さな小さな灰褐色の仔猫がいたのである。

「わ、マジかよぅ……」

慌てて雑草を掻き分けてみれば、所々毛羽立った痩せた華奢な体を震わせ、何度も口を開いている。鳴こうとしても、この暑さで声も出ず、時々、かすかに聞こえる程度の鳴き声を上げていたのだ。目脂で濡れた目はそれでも開いているが、見えているのか、いないのか。

「……弱ったな……」

　独り言を漏らす自らの声が情けなく、周りを見回しても何があるわけでもない。何しろ日陰に移さねばと、仔猫を両の掌でそっと持ち上げる。仔猫は恐ろしく軽く、薄い毛の下の骨がふとした拍子に折れてしまいそうなほどに痩せていた。

「……なんで……こんな、所に……」

　そこから三〇メートル離れた所に生えた、大ぶりの松の下に行けば少しは涼しいだろう。雑草に紛れて墓石に寄り添いながら、直射日光を受けていた仔猫は、私の両手の上で必死に口を開き、鳴こうとしているのだ。花びらのような薄ピンク色の舌や口の中が見えて、小さな歯も見えた。

「おーい……頑張ってくれよぅ……」

　痩せ衰えた仔猫を抱えるようにして松の木の下に行くと、炎天下ではまったく気づきもしなかった風がかすかに吹いていて、汗を引かせる。枯れた松葉の褥（しとね）にそっと仔猫を下ろせば、華奢な体を右に左にぎくしゃくと動かしながら歩こうとした。だが、まだあまりに幼く、力もないのだろう、進むこともできないようだった。

「ちと待て、ちと待て」

　墓地の隅にある水道へと急ぎ、ティッシュペーパーを濡らして戻ると、その先からの雫を仔猫の小さな口元にあてがう。わずかに舌先を覗かせたようだが、飲んでいるのか、いないのか。また声の出ない口を開けて、掠(かす)れた息を漏らしている。

「……どうしたら……」

腕時計を見ると、まだ少し新幹線まで時間に余裕がある。何しろ、ミルクだろう。コンビニ……、コンビニだ、と立ち上がって墓地の周りを見渡すが、そんなものがこの近くにあろうはずがないのは自分が一番知っている。日和山から下って、街の方に行かなければ、コンビニエンスストアなどなかったはずだ。

「いいか、この涼しい所でな、待っててな、いいか」と、おそるおそる仔猫のもとから離れて、暑い日射しの中に飛び出す。

墓前の桶や柄杓などはそのままにして、一応、バッグとジャケットを持って、私は日和山の墓地から坂を急いで下ったのだ。「なんで、こんな時に……」と、下り坂に膝をわなわなとさせて降りて行く。

閑散とした古町(ふるまち)の道に数台のクルマが通り、古い軒下で植木鉢に水をやる人影も見えてきた。首に手拭を巻き、自転車をゆったりとこぐ老人。雁木(がんぎ)の影の下でお喋りをしている二人の主婦らしき人。「空車」の表示をつけて走るタクシー……。

ルーフの社名表示灯をつけたクルマが遠ざかるのを見ていて、ふと、自らの心が囁く。

……もう、このまま、新潟駅に行ってしまうというのも、ありなのではないか。

そんな想いがよぎる。汗でぐっしょりと濡れたポロシャツを着替え、駅ナカの涼しい店でへぎ蕎麦なんぞを食べる時間もできる。上越新幹線の中でひと眠りして、新橋での会合には余裕を持って出られるじゃないか。

このまま、行く、か。きっと後で墓参に来た人たちが仔猫に気づいてくれる……だろう。

柳都(りゅうと)大橋の方から走ってきたタクシーに目を細める。フロントガラスの右側にはオレンジ色の「空車」の表示。

このまま……。

私は近づいてくるタクシーに、ゆっくり手を上げる。

だめだった。

日射しが照りつける日和山墓地の、また同じ景色を見て、タクシーの中で溜息をついている自分がいた。

「放っとけばいいがね。その方がかえって、いいろ」

七〇歳近いタクシー運転手は、そう言いながら気の毒そうな面差しで料金を受け取る。

タクシーを止めたはいいが、近くのコンビニエンスストアに寄って、日和山の墓地へ戻る間に、その仔猫の話をした。「運転手さん、猫、飼ってくんねですかね？」などとも言ってみたのだ。

「その仔猫、捨てたモンものう、墓らば、誰か拾ってくれるかと思うてらんだろものう。

だめらわのう」

冷房の効いたタクシーから降りると、酷暑というよりも何か熱い液体の中に溺れ込む感じだった。重い空気を掻いて墓地に入ると、大小様々な墓石が林立した奥に、薄紫色の煙がゆっくりと立ち昇っている。まだ、先ほど上げた線香が消えていないのだろう。

それよりも、大きな松の木が傾いだもとへと急がねばならない。いち早く少しでもミルクを仔猫にやりたかった。墓の間を縫って、松の木陰へと行くと……。

……いない。

仔猫の姿が、なかった。

私が水で湿らせたティッシュは、松葉に覆われた地面にそのまま残っていたが、仔猫がいない。あたりを見回しても、姿は見当たらない。あの様子では歩くのも難しそうだったから、ほんの数十分の間に、誰かが見つけて助けてくれたのだろうか。

奥の方の墓で数人の頭がちらりと見えもする。あの人たちか。お盆よりも早くに墓参に来て、この暑さをしのごうと松の木陰に来たら、衰弱しきった仔猫がいた。これはご先祖の生まれ変わりではないかと抱き上げて、家で飼ってくれようとした人がいたとしても……。

むしろ、仔猫の姿が見当たらないことに安心さえして、それでもあたりを見回しながら、まだ線香の煙をくゆらせている墓に戻った。墓石を濡らした水などすっかり乾いていたが、供花の百合は大きく花弁を開いて線香の煙をまとわりつかせている。

もう一度、手を合わせて、置きっぱなしにしていた桶と柄杓を取ろうとした時だ。

!?

視野の隅で何かが動いて、まさか、と思って素早く視線を走らせると、先ほどの仔猫が最初にいたように、他家の同じ墓石の横に寄り添ってうずくまっていたのである。

「ええ!?」

その墓から松の木陰まで三〇メートルは離れているのだ。しかも、歩くのも難しいほど憔悴し痩せた仔猫が、この炎天下の墓地をよろよろとおぼつかない足取りで、また戻ったということだ。

「……嘘……だろう?」

慌ててコンビニエンスストアの袋の中から、牛乳パックや紙の皿などを取り出す。まったく見も知らぬ他人の墓とはいえ、その域内に入り、仔猫の口元にミルクで湿らせたティッシュを触れさせる。小さな舌先が現れて、二度、三度と、ミルクの雫を舐めてくれる。

「そう……上手、上手」と言いながらも、私は暑さを忘れて、むしろ背中のあたりに寒気すら覚えていた。この墓に飼い主か、それに関係する人でも入ったばかりなのか。それとも、何かしらのにおいがこの墓にはあるのか。

紙皿にミルクを流し入れて、またはるかむこうに太い幹を傾け、奔放に葉を茂らせている松の大木を見やる。あんな所からここまで、目もよく見えぬような仔猫が必死に戻ってきた……。

「……これは……」

老いたタクシー運転手が言っていたように、放っておいた方がいいのだろう。そう思った時、墓地の入口の方から甲高い子供の声がして、家族連れと見える一団がやって来るのが見えた。

私はそのまま身を潜めるように腰を屈めて我が家の墓の前に戻り、桶と柄杓に手を伸ばした。仔猫の方を見ると、ミルクを入れた紙皿を前にただだらずくまっているだけ。

家族連れの一団が近づいてくる声がする。小学校に上がる前くらいか、女の子が二人、若い両親に、祖父母もいるようで、賑やかな声が墓地の中に響き始めた。

——こっちに来い。こっちに来い。

墓に一礼して踵を返す。

——気づけ、気づけ、気づけ……。

墓地隅の水道の方へと向かいながら、念じる。

——頼むッ……。

ティッシュペーパーが落ちたままの松の木陰まで来ると、さりげなく濡れた紙を拾って、水道へと向かった。

「あッ！」という幼く高い声。「ええーッ!?　ネコちゃん！」と違う女の子の声も谺（こだま）した。低い大人の声も背後でかすかに聞こえて、私はそのまま水道脇の棚に桶と柄杓を収める。そして、足元を見つめながら急ぎ足で古町への坂をまた下りたのだった。

ポロシャツを着替えて、クーラーの涼しさにぼんやりしながら、上越新幹線の車窓に流れる景色を眺めていた。

燕三条を過ぎたあたりから、緑色に波打つ田んぼが茫漠と広がる。これからさらに晩夏の強い日射しを受けて、稲は一気に成長していくのだろう。薄紫色に見えていた山脈もだんだんと近づいてきて、稜線や谷の起伏がはっきりと見えて来た。そのむこうには何段にも白い瘤を重ねた積乱雲が湧き出ていて、目が痛くなるほどの眩しい光を跳ね返している。

空（す）いた上りの新幹線自由席も、二、三日すれば、乗客でいっぱいになり、まして下りの新幹線は帰省ラッシュで大混雑する。早めに墓参を済ませておいて、良かったか……。

と思うと同時に、墓のそばで華奢な痩せた体を震わせていた仔猫の様子が脳裡をよぎる。溜息を漏らしながら、シートをさらに傾け、片手を額にのせた。

目を閉じた薄闇の中で、線香の煙がくゆって供花にからむのが見え、掠れた息だけで鳴こうとする仔猫の、体を震わせている姿が浮かぶ。百合の花弁の内側にひしめく奇怪な棘や、タクシーのダッシュボードにぶら下げられた彌彦神社のお守りまでが、なぜか瞼の裏に浮かんではよぎった。

あの仔猫はなぜ、松の涼しい木陰から三〇メートルも離れた墓に戻ったのだろう。

おそらく渾身の力でよろめき歩き、辿り着いたはずなのだ。習性にしろ、本能にしろ、何か意味があったはず……。馬鹿な話かも知れないが、霊的なものが働いたということもあるのではないか。ただ、そんなことよりも、自分には、戻る、帰るという執着が恐ろしかったのだ。それが気持ち悪くて、私は瀕死の仔猫を見捨ててしまったと言ってもいい。

だが、あの家族連れがきっと仔猫を助けてくれたはずだ。女の子の「ネコちゃん！」という大きな声を聞いたではないか。

もう知るか、とさらに目を強く閉じてみたものの、三〇メートルもおぼつかない足取りで這い歩いた仔猫の執着に、また腹の底を掻き回されるような気味悪さを覚えた。

一体、究極、何処へ帰るというのだ？　と。


——……なあ、覚えてるかや？

三〇年も前の友人の声が聞こえてきた気がして、かすかに目を開ける。山並みのむこうの積乱雲は少しも形を変えず、凝り固まっている。

——今でも、不思議に思うんだて……。

確か、あの時、薄水色の入院着の胸を少しはだけさせた友人が、斜めに起こしたベッドから窓の外を遠い目で眺めながら言ったのだ。

――ほら……俺らが海に行ってた時、砂浜に赤い幟が立っていて……。

最初、何のことを言っているのかと思って友人の横顔を見ると、わずかに眉をしかめながら上半身の位置を動かして、痩せた胸骨を入院着から覗かせていたのだ。手術した腎臓の傷が痛むのだろう、口元をゆがめてもいた。

――あの……南無妙法蓮華経、の……。

そう友人が病院では憚られるような言葉を口にしたのを聞いて、こちらは一瞬ひやりとしたが、すぐにもその赤い幟を思い出した。

――……ああ、あったな。覚えてる。

故郷の町に流れる新川(しんかわ)の河口、その西側に広がる五十嵐(いからし)三の町の浜に遊びに行っていた時のことだ。私も友人も大学浪人中だったが、私など勉強もせず毎日のように海へ行って、薄紫色に霞む佐渡島をぼんやりと眺めていたり、全裸になって泳いだり、焚火をして夜になるまで過ごしたりしたものだった。そんな自分に、予備校をさぼった友人がついてきたのだ。

――あの、幟の所に、変なもんがのう。

――らったな。

友人は窓から私の方へと眼差しを移してきた。食事もとれず、点滴だけのせいもあるのだろう、瞼の窪んだ眼が痛々しかった。

――赤い……幟にな。

海岸線に沿って西へと数キロ続いている堤防。それが途切れる一番端が、私のよく通っていた場所だった。何をしていても、誰も来ないような、町の者たちからも忘れられているような堤防の果てでだ。

堤防のすぐ下には消波ブロックが乱雑に置かれていて、その凸凹とした脚を跨いだり、くぐったりすれば、砂浜。波打ち際まで五〇メートルほどあった。綺麗な風紋が広がっていることもあったが、いつもは流木やらテングサなどの海藻、サンダルだの空き瓶だのと様々なものが打ち上げられているような砂浜だった。

私と友人は堤防の上で寝そべって、女の子の話だろうか、進路の話だろうかしていたのだろう。内容は覚えていないが、二人とも波打ち際近くに斜めに突き立てられた、赤い布のついた棒には気づいていたのだ。遠くて何かは分からなかったが、おそらく遊泳禁止区域を示す、赤い旗のついたブイが流れ着いたのだろうとばかり思っていた。

まだ夏が終わるか終わらないかの頃で、日本海の波も穏やかだったが、すでにクラゲの群れが岸の方まで来ていたから泳ぐ気にもなれない。のどかに打ち寄せる波とハマボウフウを揺らす風の音を聞いて、ぼんやりとしていた。もう空には鱗雲が出ていただろうか。

「……あれ、……何だや？」

初めに気づいたのは、友人だったか、私だったか。

遠く霞んでいた佐渡島の色が少し濃くなって、島の稜線もくっきりと見え始めていたから、夕方近くになっていたのだろう。それでもまだ明るい空を映してきらめく沖の方で、何か黒っぽいものが浮かんでいるのに気づいたのだ。

「箱、みてらな……」

「いや、流木らろ」

別に珍しいことではない。

「また鱶（ふか）とかじゃねえよな」

巨大な鮫が現れて、一時だけ海水浴禁止になったことがあったが、むしろそれは新川河口付近だった。リュウグウノツカイという二メートルほどの体長の深海魚が群れで岸に上がったこともあれば、ハングル文字がペイントされた難破船の残骸が流れ着いたこともある。何が流れてきても、不思議ではなかったのだが、見ているうちに私たちの方へとその浮遊物がどんどん近づいてくるのだ。

「なんか、あれ、ちっと、おっかしろ」

遠くの物が近づいてくるのを、自分たちの方へ向かってくると錯覚するのはよくあることだが、明らかに私たちの方へと引っ張られるように波に乗って、やってくるのだ。

さすがに二人して堤防から体を起こすと、首を突き出して遠い沖に目を凝らした。

「……ボート？」

「いや、もっと小いせえな」

「……あれさ、精霊流し（しょうろう）の、船じゃねえか？」

浮遊物は沖の方から、あたかも私たちが牽引しているかのように、波の動きにまで逆らって斜めに近づいてくる。しばらく見入っていると、舳先（へさき）をこちらに向けて、浜の方に少しずつ接近してくる小型の木造船の姿がはっきり見えた。

「うん？」「何？」と、まだ自意識だけが盛んな若者は、それが何か自分たちに啓示を与えようとしているかに思え、今度は堤防から腰を浮かせたのだ。だが……。

「いや、違ぅ！　俺たちの方にじゃねえ！」

「あの、旗ら！」

小さな船は波打ち際に近づき、揺れて、もはや寸分違わず、赤い旗の立っている所に漂着したのである。

私たちは慌てて堤防から消波ブロックに飛び移り、幾多のコンクリートの脚を跨ぎ、昇り、跳ね、砂浜に下りると、赤い布をぶら下げた棒と漂着した小さな船の方へと砂を蹴散らして向かったのだ。

「ああ！」

斜めに突き立てられた棒の赤い布は、遊泳禁止区域のためのブイではなくて、「南無妙法蓮華経」という墨文字が雨や潮水で滲んで、垂れ崩れている幟だった。そして、半畳ほどの小さな木の船の中を見れば――。

経文が書かれた紙の切れ端や散らばった供物らしきもの、そして、船底に溜まった水の中に、幼児！　……いや、濡れ汚れた市松人形が真っ黒な髪を広げて浸かっていたのだ。

それを見て、息が止まりそうなほど驚き、全身の血が一気に引いたのを覚えている。友人など尻もちをつきそうなほど腰を屈めていた。精霊船を流した人が、いかなる想いでかは分からないが、亡き者が寂しがらないようにと市松人形を入れたのかも知れない。

――……いくら海の流れの関係って言ってもや、そんな、幟の所まで、ぴったり辿り着くなんてありえねえろ。

友人は弓なりの眉を片方だけ上げて言って、またすぐに長い睫毛の目を伏せた。その影の内で、瞳が右に左に細かく揺れているのが分かった。

――らよな。しかも、佐渡からか、新潟からか、分からんが、精霊船を流したにしても、あんげ沖の方から幟まで……、どのくれえの距離らか。ありえねえ。

――今、思い出してもし、おっかねわやのう。なんかの力が働いたとしか思えねえて……。幟にまっすぐ引かれたように、辿り着いて……。

友人は視線を緩く上げて、じっと私の目の底を確かめるように見つめてきた。憔悴した鈍い視線に力を込めるような目つきをしていたが、だからこそ私は目をそらして病室の窓の方に移してしまった。

この男も何かに引かれ始めているのか……。

まだ三〇代前半だったにもかかわらず、末期であることを覚悟しての手術は、身にも心にも今までとはまったく違う景色を見させるのだろう。一〇代の頃の奇妙な出来事を、唐突に思い出して言い出したのも、そのせいだと思っていた。

——それで……退院は、いつになったんだや？

あえて話をそらして聞くと、友人は乾いた薄い唇の口角にわずかに笑みを溜めて、スタンドにぶら下がる点滴袋を一瞥する。薄黄色い薬液が入っていたが、抗生物質なのか、抗がん剤なのか、鎮痛剤なのか。私に分かるわけがない。

——これが取れねばのう。後、一か月は経過観察ら。

——退院したら、また、内野の、五十嵐浜、行こうねっかや。

——ああ。……だけどや……俺、帰れっろかのう……。

帰る？　何処へ？

そう反射的に思った自分がいて、自らの中の冷ややかな諦観めいたものに動揺した。そんなもの、家に決まっているだろうに。私は自分の中の本心に、胸をえぐられる気分だった。

——馬鹿言うなや。あたりめらろが。

友人は私の言葉に力のない小さな笑いを漏らして、窓の外に視線を緩く投げた。丘の上にある大学病院脇の松の枝越しに、家々の屋根が遠くひしめいているのが見える。入院患者にとって、いい景色なのか、悪い景色なのか。

——そうら、あれ、俺たち、埋めてやったんだかや……。

友人はふとこちらに視線を移して、思い出したようにつけ加えた。

——埋めた……？　何を？

——……あの精霊船の中にいた、猫らこてや。

あまりの唐突な言葉に、私は返事ができず、友人の顔と痩せた胸元の窪みに視線を往復させた。一体、この男は何を記憶違いしているのか。

——おまえ、何言ってんだや。猫って……。

点滴袋の中の薬液には、相当に強い鎮痛剤が入っているに違いない。記憶が混濁しているか、妄想が紛れ込んでしまっていると思った。

——あの船の中には、果物とか野菜とか……、あと、女の子の……、ほら、昔風の日本人形がな、あった。

——馬鹿こけよ。

友人は窪んだ眼を見開いて、口を半開きにしてもいる。目尻に私を気の毒に思っているかの色まで浮かべていた。

——おまえの方らわや。何言うてんだ。

私たちは「南無妙法蓮華経」と墨文字の滲んだ赤い幟を、砂浜から引き抜いたのだ。波打ち際に漂着した精霊船の中にそれを静かに横たえて、二人して海の中に膝まで入って、舳先の向きを変えたじゃないか。また船が戻ってこようが、海のむこうの方へ帰ろうが、俺たちの手を離れたら、もう知らねえと言い合って、精霊船の尻を押したのだ。

穏やかとはいえ波は寄せていたから、またすぐに船は浜辺の方に戻って来ると思っていたのに、舳先を上下させて波を不思議なくらい当たり前に乗り越えて、ゆっくり、ゆっくり海の方へと滑って行った。

それが私たちには、逆に恐ろしかった。岸から沖へと向かう離岸流があるにもかかわらず、幟が立っている所まで精霊船は辿り着いたことになるからだ。私たちは膝上まで濡らしながら、ずっと殊勝にも手を合わせていた。いや、怖くて、ただ祈るしかなかったのだ。夕焼けに染まり始めた空を海の面も映し始めて、金色の波と影がおびただしい中、黒く見える精霊船が少しずつ沖の方へと流れて行く。

——何か埋めたなんて、おまえの勘違いだわや。

——いや、埋めた……。

——いいか、おまえは、必ず退院して、帰れるんぞ。必ず、帰れる……。

自分でも何を伝えようとしているのか分からず、友人に念を押して言った時に、いきなり轟音に両耳をふさがれて、朦朧とした目を開けた。

新幹線はいつのまにか清水トンネルに入っていて、車窓のガラスの闇に、若さとは程遠い自分の顔を映している。この初老男も究極、何処に帰ろうとしているのか、とその目の底を見つめ返した。

鷺

ほっそりと超然とした姿で、一羽の鷺が佇んでいる。

動かない。動かない。まだ動かない。

長い首元の細かな羽毛や純白の羽を川面に滑る秋風に震わせているというのに、白く細長い陶器のように突っ立っているのだ。小魚が泳いでくるのを待っているのか。

護岸のコンクリートブロックで挟まれた人工の川はあまりに浅すぎて、所々剝き出した底の土から一叢の草が生えていたりする。少し目を転ずれば、錆びついた三輪車が傾いて没していたり、オレンジ色に変色した古タイヤが落ちているのが見える。そんなどこの町中でも見かける貧弱で、とてもきれいとはいえない川だが、すっくと首を伸ばした白い鷺の所だけが澄んでいるように思えるのだ。

寝ているならまだしも、ただじっと佇んで川面を見つめている姿に見惚れていると、背後でしわがれた声がする。

「コサギですかねえ……いや、チュウサギかねえ」

振り返ると、古びた買い物カートを引きずった老女が、わずかに曲がった腰を不器用に伸ばして、やはり川を覗き込むようにして言ってくる。

板金工場やコンビニエンスストア、タクシー会社の車庫などが並ぶ、変哲もない川岸から下を眺めていた物好きな初老男に、老女も何かあるのかと足を止めたのだろう。

「魚……いるんですかねえ」

「いることは、いるだろうけどねえ」

八〇歳は超えているだろう。薄紫色のショールで真知子巻きをした皺ばんだ顔が、マスクの内で笑みをこぼしているようだ。

「昔は、近くの田んぼでよく見かけたもんですけどねえ、珍しいわねえ」

「田んぼって、こんな町中に田んぼがあったんですか」

「ええ、ええ。昔はあんた……。まだ向こうの方は、少しは残っていますよ」

しっかりとした受け答えをする老女は、奥まった眼窩に川の光を溜めて、こちらを見上げる。川岸のスチール製の柵に添えた手は、指も節くれて静脈やシミが浮き出ていたが、若い頃はさぞかし美人だったのではないか。片方の眉が弓なりになって、また鷺の方へと眼差しを落としているが、細かな皺の寄った瞼から優しげな睫毛が覗いていた。

「……あんなにじっとして、えらいわねえ」

「私もそう思って、見てました」

「ただ、じっとしてねえ」

さりげなく目の端で老女を見やると、目尻に幾重もの皺を寄せたまま、鷺に見入っているようだが、わずかに遠い眼差しでもある。

通りすがりの老いた女性の漏らした言葉に、何やらバツが悪いというのか、引っ掛かるというのも情けない。じっと待っていることができない、黙って耐えることができない自分という男を、暗に責められているような気になるのもおかしな話である。

「俺には、できないなあ」などと、冗談まで言っている自分がいた。

鼻先で笑ったのか女性のマスクが一度ふくらみ、目を細めている。

「じゃ、私はこれで……。奥様も、どうぞお気をつけて」

軽く会釈して私は川岸の柵から離れたが、老女はそのまま鷺に見入っているようだった。

少し歩いて振り返っても、まだ柵に手をやったまま川に目を落としている。遠目では、ライトグレーのコートに、薄紫色のショールで真知子巻きをしたまだ若い女性が物思いに沈んで、川岸に立っているように見えるかも知れない。いや、逆に端から見たら、治りかけの痛風の片足をかばいながら歩いている初老男こそ、かなり老いた男に見えるだろう。

連日の家飲みが過ぎて、まったく情けない有様である。

「……ありつつも……君をば待たむ、打ち靡く、わが黒髪に、霜の置くまでに……、か」

ひとりごちてマスクの内で唇をゆがめる。

「……来ぬ人を待つ夕暮れの秋風は……いかに吹けばか、わびしかるらむ……というのも、ありか」

また何げなく振り返ると、先ほどの老女は、近くの小学校に通う子供たちだろうか、ランドセルを背負った幼い子らと川を指差して楽しげに話し込んでいるようだった。

川から離れて、古くからありそうな住宅街の中に入り、少し行くと、組んだ木の上で作業している何人かの人影が見える。そこも初めて通る道だったが、秋祭りの準備でもしているのか、はじめは櫓を組んでいるのだと思った。

近づいていくうちに、それが櫓ではなくて、刈り終えた稲を干すための稲木だと分かる。脚立を横に長く大きくしたように木を組み、三本の踏桟に稲束を跨がせて干しているのだ。ちょうどその干した稲の取り入れ作業をやっているようだった。

故郷の稲架木は、広大な水田の畦道にハンノキなどの並木を作って、その木の間に竹を横にかけて、稲を跨がせ乾燥させた。どこの田んぼでも見かけた稲架木の並んだ景色が浮かんできて、懐かしく思っていると、家々の合間に小さな可愛らしい田んぼが現れた。

「ああ、これか……」

先ほどの真知子巻きの老女が話していた田んぼであろう。矩形というよりも、いびつに象られた田んぼはすでに稲がすべて刈られていて、湿った黒土の上に稲の根元が並んで残っている。その列も少し歪んでいるのを見ると、すべて手で植えた苗なのだろう。丁寧に育てた稲も一つ一つ手で刈ったのか。巨大な脚立に干した稲を見ていると、視野のむこうに白い煙が上がる。見れば田んぼの端で藁焼きをやっているようだった。

「これは……また、懐かしい」

マスクをしていても、鼻や肺の中が痒くなるような煙のにおいがしてきて、さらに懐かしさが昂じる。故郷の藁焼きや籾殻焼きはあまりに大量の煙を出し、町中にまで流れてきて目の前が見えなくなるほど白い煙で充満した。視界不良による度々のクルマの追突事故や煙害などでずいぶん前に禁止になって、藁などはすべて田んぼの土にすき込むなどしていたはずだが……。

稲木に跨がる者を見上げると、干していた稲束を黙々と馴れた手つきで外しては、下にいる者にリレーしている。丹精こめて作った自慢の米なのだろう。まるで通行人など眼中にもなく、淡々と無表情で作業を続ける様が、住宅街に残された小さな田んぼを守り続けている矜持にも思えた。

素朴な田んぼに心奪われて眺めていると、風のかげんでむこうの藁焼きの煙がふくらみ、立ちのぼる。また風に煽られ、生まれたての雲のように巻きながら、濛々と歩道に立つ自分までを呑み込んで来た。

目の前が白く覆われて見えなくなる。このにおい……。煙たさに目をしばたたかせる。故郷の神社の境内や学校のグラウンドも白く靄り、町全体が煙に包まれたのだ。家々の間や狭い路地にも煙はわだかまって、雲のように所々煙の塊を作った。

町に流れる新川（しんかわ）……。そこにも藁焼きの煙は満ちて、滞り、雲海のようになり……。

煙の渦の中で、さきほどの川で見た鷺の姿を思い出す。

——……ありつつも……君をば待たむ、打ち靡く……わが黒髪に、霜の置くまでに……。

新川にもその川面を覆った雲海のほとりで、白くほっそりとした鷺はじっと待ち続けていたのだろうか。それとも待てなかったのだろうか。

まだ中学生だった私には、人間がますます分からなくなる事件だった。


殴られる。

平手打ちの時もあれば、拳固で顔面や頭を殴られることもあり、長い樫の棒でこめかみを薙（な）ぐように叩かれたこともあった。

確かに私たちのクラスが最も厄介だったに違いない。教室内でボールを蹴ったり、騒いだりしているせいでグラウンド側の窓ガラスのほとんどが割れてなかったし、授業中には寝ているか、雑談をしているか、早弁をしているか。立てた教科書の陰で2B（にービー）弾という花火から火薬を集めようと爆発させ、片目の視力を失ったやつもいれば、まだ免許もないのに、タイヤに藁の巻きついた原付バイクでくる百姓の倅（せがれ）もいた。

教師からしたら面倒この上なかっただろう。だから、何かあれば、殴るのである。まだ学級崩壊などという言葉がない時代で、五〇年ほど前の田舎の中学校であるから、むしろ、素朴で野卑な反抗期のガキが集まっただけだっただろう。

「おめえ、何してんだやッ！」

チョークが飛んできて、それを避けようと掲げた教科書の下から、食いかけの弁当が露わになる。目くじら立てて、教壇から飛んでくる理科の教師は、すかさず私の横っ面をビンタしてくる。

「腹が減ってたんですよ」

「馬鹿野郎！　廊下で正座だ！」

こんなことがいつもだった。

体育祭のフォークダンスの練習で、照れから女子と手をつながないというだけで、教師が飛んできて、殴られ、蹴られる。だが、こちらもあまりの仕置きの理不尽さに腹を立て、両手を後ろ手に組んだまま教師の前に出ていく。じりじりと教師は後退しながら、それでも殴り続けるのだ。

「気が済んだかや？」とよけいな一言を漏らしてしまい、さらに殴られる。

国語の教師だろうが、音楽の教師だろうが、数学だろうが、男の教師はほとんどの者たちが手を上げた。それでも時代や土地柄だったのだろう、それらがＰＴＡだの教育委員会だので問題となることは皆無だった。

「俺や、南波、ぜって殺すっけや」

「俺は、佐川のやつら。刺すことに決めたっや」

部活が終わって、五十嵐の海に出て佐渡に沈む夕日を見ながら、いつも話し合った。中には学ランの下にサラシを巻いて、ドスを差している仲間もいた。そんな馬鹿な仲間たちに笑いながらも、私たちはまず実行に移すことなどなかった。とても怖くてできなかったのだ。

「まあ、俺らも、悪ぃんかや」

「問題起こしたら、鑑別所らぜや」

「母ちゃんが泣くこてやのう」

「まあ、南波のやつも、いいとこもあるんだけどやー」

波の音を聞き、金色や赤色にほころぶ夕焼け雲と、影の濃くなっていく佐渡島を眺めながら話しているうちに、話題はいつのまにか女子のことになっている。そして「腹が減った」と学生ズボンの尻の砂を払って家路につき、また翌日も教師に殴られに学校に通ったのだ。

　ほんの些細なことで怒鳴り、暴力を振るってくる教師らも腹立たしかったが、私にはさらに心底嫌いな教師が一人いた。反抗期の手に負えない田舎の中学生のことである。好き嫌いの激しさもあるが、その男の姿を見ただけで虫酸が走るというのか、気色が悪く、唾棄したくなっていたのだ。

　私が中学に入る三年ほど前に転任してきたという、「社会」の津崎という教師だった。三〇歳過ぎぐらいだったか、いつもノータイのワイシャツに黒いズボンの姿で、一見学生のような恰好をしている。寒い季節になれば、黒のニットを重ねていたように思う。うつむき加減の顔に前髪の何本かが垂れて、蜘蛛の脚のような長い指先で髪を搔き上げると、何処を見ているのか分からない薄暗い眼差しがあった。

「……憲法で、我々は皆、人権が保障されているんだけれども……まず、平等権ですね。すべての人間が、等しい扱いを受ける権利……」

　そして、何より津崎は怒らなかった。まず一度として声を荒らげて、私たちを平手打ちすることもなければ、叱ることとさえもなかった。授業中にどんなに生徒たちが騒いでいようが、早弁をしていようが、怒らない。ただ、淡々と、低く小さな声で授業を進めているだけだった。

「それから、自由権……。一つ、精神の自由。二つ、生命・身体の自由、三つ……」

　最初の頃は、「いつか爆発すっぞ、いつか爆発する」と、私たちもそれとなく構えていたが、津崎は「公民」の教科書を教卓に置いて、ずっと椅子に座ったまま喋り続けるだけだった。

　教卓に両肘をついて長い指の手を組みながらであったり、銀色の結婚指輪をはめた片方の手で頬杖をつきながらであったり、椅子の背もたれに体を預けながらであったり、つまりは、生徒らを怒る気すらなく、ただだるそうに口を動かしている。あまりに教室が騒がしく、もはや休み時間の喧騒と同じような状況になると、ようやく深い溜息のようなものをついて、窓の外に力のない視線をしばらくやるくらいだった。

一体、この教師は何だ？

まだ、理不尽とも思える鉄拳制裁や暴言を浴びせてくる教師の方が、こちらも反抗のしようもあった。口ごたえをする、暴れ回る、教室から出ていく。それが津崎には通用しない。いや、通用というよりも、その気を起こさせるきっかけも与えてくれなかったといえばいいか。いわば教室の中の生徒たちのことなど、まったく無視していたわけである。

「……で、精神の自由にも……いくつか分けることができる……わけですけれども……思想・良心の自由、ですね。それから、信教の自由。集会・結社・表現の自由……」

「かったるい！」

いきなり大きな声が教室の中を切り裂いて、一瞬のうちに皆の喧騒が静まり返った。教壇の津崎も喋るのをやめて、「うん？」と教科書から顔をゆっくり上げる。額に垂れた髪の下から緩く津崎の視線がさまよい、その眼差しが私の睨みつけていた目と合う。

自分の口が声を張り上げていたのだ。頭に血がのぼって自分でも分からぬまま、怒鳴ってしまったバツの悪さに、あえてゆっくり手を挙げた。津崎は何も言わぬまま半眼に近い目つきで見つめてくる。

「先生……。先生の授業は、つまらな過ぎる」

言い過ぎたかとは思った。だが、こちらもあまりにだるい授業に我慢がならなかったのだ。興奮のままに口にした私の言葉に、津崎もさすがに怒るか、何か言ってくるだろう。むしろ、その方が反抗するきっかけになると思った。だが――。

「そうか」

津崎の返事はその一言だけだった。

教室の中がさらに静まり返る。それが逆に私を引き下がらせない状況に追い込んだ。津崎は珍しく、じっと私の方を見つめて、視線をそらさない。睨むでも威嚇でもなく、ただ感情の伴わない無表情な眼差しでじっと私を見ているのだ。

「……一体、先生は、何のためにこんなことやってんですか？」

その一言で教室の中が少しどよめくのが分かった。いくら教師を忌避しているにしても、その発言は一線を越えているだろうと思ったのかも知れない。

「食うためだよ」

「はあ？」

私は言葉を継げずに、ただ放心して口を開いた。津崎もそれから何も言わぬまま、私を見続ける。

食うため、だ？　生活のためなら、教師以外にもあるじゃないか。なんで、あんたのつまらない授業につき合って、俺らが、生きていること自体に嫌気が差すような気持ちにさせられなくちゃならねえんだよ。張り倒すぞ……。

そんな想いが胸の中で渦巻き、暴発しそうだったが、私は声には出せなかった。まだ子供だった自分には、津崎の「食うためだよ」の一言に込められた想いなど分かるわけもなかったが、ただその声の冷えびえした調子が何か恐ろしかったのだ。

何の楽しみもない暗いがらんどうの虚空に放り込まれるようで、しかもうすら笑っている津崎と一緒に引き込まれる気分だった。私はそのまま黙って席を立ち、教室を出てしまった。当然、津崎の持っていた出席簿には、私の欄に×印がつけられ欠席扱いとなったのだろう。


夏休み前の期末試験は、「社会」が赤点となり、休み中は補習となった。

補習担当の教師は、激昂しては出席簿で頭を叩いてくる和田だったが、それでも津崎ではないというだけで、私は補習に出席した。クラスは違ったが他に五人ほど補習を受ける生徒がいたと思う。相変わらず「公民」の補習はつまらなかったが、授業の合間に和田に聞いてみたことがあった。

「和田先生。同じ社会の先生で、津崎っていますが、あの人はどういう人なんですか？」

「ああ？　なんらと？　津崎、って、おまえ、呼び捨てか、ああ？」と、出席簿が頭の上に張り下ろされる。

「津崎先生は、優秀な先生で、おめえ、こんげ学校に来るような人じゃねえわや。大学院出らぞ」

「そうなんですか。だけどやあ、あまりに授業がつまらない」

「もーぞたれがッ」

もう一度出席簿が振り下ろされる。それでも出席簿の縁や角ではなく、平らな面で叩いてきた。

「俺ものう、院とか行って、マルクスとかのう……。おめえ、マルクス、知ってっか？知るわけねえわのう。マルクス、研究して、今頃、俺も大学のセンセらわや。こんげとこで、おめえみてえな馬鹿に教えねでもいかったわや」

「そうせば、俺らもや、和田先生みてな叩いてばっかいる先生から授業受けねても、いかったわや、のう」

周りを見回すと他の生徒らも笑い、当の和田も煙草の脂（やに）で薄汚れた歯を剝き出して笑っていた。

それから五回ほどの授業を受け、簡単な試験で補習は終わったが、その最終日だったか、前の回だったか。校門を出た時に、ほっそりした体躯の津崎が前を歩いているのが目に入った。何か校務で学校に出てきていたのだろう。黒いズボンのポケットに片手を突っ込み、もう片方の手は鞄を脇に抱え込むようにして持って、うつむくように歩いていた。

「なんだや、津崎か……。後ろから、羽交い絞めらか?」

津崎が同じ町に住んでいるのは知っていたが、家の場所まで分かるわけもない。距離を保って歩いているうちに、やつが何処に寄るのか、何をするのか、ふと見てみたいと思った。「食うために」授業を嫌々やる、何の楽しみもなさそうな男が、一体、どう帰っていくのか。

中学校近くの踏切は渡らず、左に曲がる。昔からある古い住宅街の細い路地に入り、幾度か角を曲がっていく。クルマなどほとんど通らない道だが、津崎の歩き方は足元ばかり見つめて、角から出て来る者などまるで頓着していないように見えた。また曲がり、新川へと向かい始める。ほとんど自分と同じコースじゃないか。そのうち、人しか通れない、幅が一メートル半ほどの頼りないほど細い月見橋を渡り始めた。津崎は少し足を緩めて、新川の面や小学校裏の山に視線を流しているようだった。

月見橋を渡れば自分は右に曲がり、神社の方に向かうのが、いつもの帰宅の道だったが、津崎はそのままポプラ並木のある小学校の坂を上り始めた。小学校を過ぎ、右のグラウンドを見下ろしながら五十嵐二の町の新興の住宅地の方へと向かっていく。

スイカ畑や松林が多くなる地区の、同じ形の平屋の家が何軒か並んでいる所にくると、津崎は脇に抱えていた鞄を手に提げた。ズボンのポケットからも、突っ込んでいた左手を出している。そして、小さな庭に洗濯物が干してある一軒の平屋に近づくと、少し歩みが緩んで、またすぐにも足取りを戻して平屋に入っていった。同時に、廊下だろうか、軽い小刻みな足音が響いたようで、幼い子供のはしゃぎ声が家の奥から聞こえてきた気がした。

縁側から女性の人影が現れる。津崎の妻なのだろう、笑みを表情に残しながら洗濯物を取り込みに出た人と目を合わせないように、私は顔を伏せる。そのまま脇道へと入ったが、「馬鹿くせえ、馬鹿くせえ」と胸中繰り返すばかりだった。

当たり前に学校を出て、当たり前に家にまっすぐ帰っている。そんな津崎を物好きにも尾行している自分こそ馬鹿くさいが、それよりも訳の分からぬ切なさや寂しさを感じている自分に動揺していた。

「くっだらねえや……」

夏休みが明けて、またうんざりするほどの退屈な授業と教師らの気分次第の鉄拳制裁が始まったが、私は津崎の「公民」は黙ったまま聞いていた。相変わらず、教室の中がうるさくても、仲間が早弁していても、まったく注意もしない。淡々と教科書に書いてあることを、薄暗い眼差しをしたまま解説しているだけだった。

「先ほどの三権です、が……これらに対して、主権者である、我々国民も、国会や内閣、裁判所に、権利を行使することが、できます。国会には選挙で……」

こっちも、ただじっと目を閉じ、腕組みをして聞いているだけだった。

町の南に広がる田んぼでは稲刈りが始まり、クラスの何人かが農家の家業を手伝うために授業を免除され始めた頃だ。

日中はまだ暑いくらいなのに、吹く風の中にすでに秋が紛れ込んでいて、夕方になると寒く感じられるほどになった。秋の澄んだ空気で田んぼのむこうの弥彦山や角田山(かくだやま)が紫色にくっきりと稜線を浮かび上がらせ始めたのもつかの間、藁焼きの煙のにおいが漂い始める。山も霞んで見えなくなり、町の中にも白い濛々とした煙が流れ込み始めた。茫漠と広がった田んぼには、竜巻のような藁焼きの煙の柱がいたる所から斜めに立ちのぼり、たなびき、その煙幕が町を覆った。

道路にも家にも学校にも、白い煙は忍び寄り、雲の中に入ったようになる。クラスの仲間には咳き込む者や喘息を起こす者もいた。「おめえらの教室は、窓ガラスがねえすけ、どうにもならん。煙草吸わせてもらうすけの」と藁焼きの煙のにおいをごまかすために、煙草を吸いながら授業を進める教師もいた。それでも、津崎はいつもと変わらず、頬杖をついたり、椅子の背もたれに体を預けながら、低く小さな声で喋り続けていた。

だが、最も藁焼きの煙が濃くなり、町そのものを包み込むようになった時、津崎は突然学校に来なくなった。

雲海のような煙に覆われた新川で、死んでしまったからだ。

事故ではない。明らかに、自ら三日月橋の真ん中から新川に身を投げた痕跡があった。自殺する兆しもなければ、遺書のようなものもなかったというが、三日月橋の海側の歩道には、欄干のそばに津崎のくたびれた革靴が残されていたらしい。

翌朝、濃い煙が蠢き、渦を作ったり、瘤を盛り上げたりする新川を町の者たちと見下ろしていると、時々川を渡る風が煙を払う。靄の中に、舳先を違えた何艘もの川舟の薄い影が浮かび上がっていた。皆、長い竹竿のような棒を新川の中に突っ込んでは、確かめ、声を上げる。

「もうちょい、右行ってみれやー」

「だめら、これ、届かんろー」

声を張り上げては、藁焼きの煙に咳き込んでいる者もいる。またいくつもの川舟の人たちが、雲海に巻き込まれて白い靄の中に消えていく。新川の面も、目の前数メートル先さえ、煙に覆われて何も見えない三日月橋。夜中に飛び込んだらしいとは聞いたが、闇と煙に包まれた橋の上で、津崎は何を思っていたのだろう。

私は自らの足元から、三日月橋の歩道に沿ってゆっくりと目を凝らしてみる。橋の真ん中あたりの濛々とした煙の中に、薄暗い眼差しをした津崎がひっそりと佇んでいるのを想像してみる。つまらない世界の真っ只中にただ突っ立って、何かを待っているつもりだったか。

「……馬鹿くせえ……」

学校に行くと、津崎の入水についてはすでに話題になっていて、仲間たちはむしろ面白がって、笑いながら話していた。

「津崎、死んだてや」

「なんか、ベッチャしながら、女と死んだみてらぜ」

「アホ言うなや。あんげ男に、女がいるわけねえっやー」

教室では勝手なことを言いたい放題で、私は私で、「津崎がいねなって、せいせいしたぜや」と笑ったのだった。

津崎は一日経って、三日月橋より一つ海側の月見橋のたもとの葦が群生する所で、うつ伏せに浮かんだまま見つかった。

「ほんに、たまげたてー。まだ若いセンセらわねえ……」

「らてー。ほんに分からんもんらてー」

「何があったんだろねえ……。昔も、あそこ、心中やら自殺やらあったけどねえ……」

「この煙で、なんか、気がおっかしなったんだろっか」

「ほれ、センセのとこは、あんた、かーわいい娘さんがいるんだわ。気の毒らてえ」

町角や店先で噂する声はいやでも耳に入ってくる。津崎の住んでいた五十嵐のこぢんまりした平屋や、奥から聞こえてきた子供の声や、洗濯物を取り込みに庭に出た優しげな女の人が、脳裡をよぎる。

教室では仲間と一緒になって笑っていたというのに、津崎の噂をあれこれしている町の者たちを見かけると、思わず舌打ちして睨みつけている自分がいた。けっして、津崎の味方ではない。反吐が出るほど大嫌いな教師だった。だが、津崎、というより、人間の抱える恐ろしいほど深い淵を見せつけられて、腸(はらわた)をまさぐられ、掻きむしられるような想いだった。

その分からなさにむしょうに腹が立ち、そして、独りになると悲しくなって体が震えるほど泣いた。底知れぬ暗い穴の中に放り込まれるようで、津崎は死んでもなお、生きることのつまらなさを囁き続けている気がした。

煙の向きが変わって、また巨大な脚立のような稲架の木組みが現れた。

一番上に跨がる老いた男が、乾いた稲束の頭を持っては抜き、それを下にいる若い男に落とす。宙の稲束を右手で素早く掴んでは、稲穂の方を左腕で掬い取るように横にして、地面に置いていく。積み重なって山になった稲を、手拭で頬かむりした老いた女性が運んで、畦のビニールシートの上に並べていた。

何も喋らず、黙々と作業をこなしている姿に気を取られて、しばらく田んぼの脇に佇んでいた。

上の木に跨がり、少しずつ前へと移動していく男は、赤銅色をした痩せた腕をしているが、シャツの上からも背中の筋肉の張りが分かる。長い歳月、農作業で鍛え上げた芯が、老いた体の中に通っていた。タオルを頭に巻いた若い男も、Tシャツの背中に汗染みを浮かせながら同じ動きを繰り返している。

むこうの畦から、また藁焼きの煙がふくらんできた。三日月橋に佇む津崎の薄暗い横顔がよぎる。一体、あのまだ若かった男は何を待って、何を望んでいたのだろう。

早まり過ぎだ、と今なら思う。

目の前が白く覆われて目を細めると、稲木に跨がる老人の影は動きを止めず、稲束を抜いては、下へと渡している。

忘れ潟（がた）

「あんた、いくつになったんだろ」

一〇年ほど前に老母にそう聞かれたことを、ふと思い出していた。

唐突にだったのか、何か役所に出す書類のためだったのか。炬燵に入っていた母親が痩せて皺ばんだ顔を突き出しながらも、目元に笑みを浮かべて聞いてきたように思う。すでに認知症の兆しが覗き始めた頃で、こちらは帰省したばかりだったから、またさらに母の症状が悪化してきたかと嘆息したのを覚えている。

だが、もっと驚いたのは、私が口にしようと思った自らの歳だった。

「え？　何言うてるん。四……」

あたりまえに「四十いくつ」と答えようとしている自分がいて、たじろいでしまったのである。自分の一〇年あまりの年月は何処に消えてしまったのかと、一瞬空無をさまよい、放心し、呆れて苦笑した。

「……五三ら。親父が死んだ歳ら、ちょうど……」

「へー、五三歳なんだ、あんた。お父さんが亡くなった歳けえ」

「……いや、なんか、今、俺、四〇代かと思うてたわや」

「……馬鹿らねえ」

老いた母は笑いながらも、私の白っぽくなってきた髪や胸元に視線を動かし、添えるように言ってきたのだ。

「あんた、気をつけれねえ。ほら、呑み過ぎるなてえ」

呑み方も酔い方も死んだ親父にさらに似てきたものだから、父の寿命を縮めた酒の量について心配しているのだろう。

だが、私には自らの歳を間違えそうになった方に気がいっていた。一体、自分の中で何が起きたのかと動揺さえしたが、歳を取るとはこういうことかとも思ったのだ。普通に口にしようとした四〇代という年齢から、なだらかな緩い坂を下り始めたということか。八四歳になった老母の呆け具合を心配するより、自らの老化にこそ気をつけろ、と。母はそれでも田舎の新潟で独り、生活していて、よほど立派なものだとも思い、こちらも炬燵で痩せた背を丸めている老女の姿をまじまじ見返したほどだ。

そんなことが一〇年前か……。

繰り返す電車の揺れや効きすぎる暖房にぼんやりしながら、昔を思い出していると――

「マジか！」

出し抜けに声が上がった。

視線をおもむろに向けると、三人の高校生がボックスシートで顔を寄せ合って、スマートフォンを覗き込んではマスクを膨らませたり凹ませたりして笑い転げている。シートに重ねた傷だらけのスポーツバッグがひしゃげ、刺繡されたアルファベットのロゴもゆがんでいたが、その文字から地元の高校だと分かる。

「これって、ダンス部の、西田じゃね？」

「わッ、キレッキレ！」

髪が伸び始めた坊主頭を互いにくっつけるようにして、スマートフォンを食い入るように見ては、体を躍らせたり、のけぞらせたりしていた。

……遊ぶ子供の声聞けば、わが身さへこそ動がるれ……、か。

楽しそうだな、とこちらまでマスクの内で笑みを漏らしたが、四〇代どころか、まさか一七、八歳の高校生に戻れるわけもない。彼らの座るボックスシートのむこうには、冠雪した長い稜線の越後山脈が車窓を横切り、その手前を群れたススキの穂が銀色に輝きながら激しくよぎっている。

もう一つ後ろのボックスシートでは、毛玉の浮いたニット帽をかぶり、むっつりと顔をしかめた老人が皺くちゃになった新聞を読んでいる。吊革に手首をだるそうに引っかけている若い男、部活のユニフォームのままの女子中学生が二人、黒いリクルートスーツを着て俯いている若い女性、腕組みをして眉間に力を込めて寝入る初老の男……。夕刻前のローカル線、そのいつもの風景ではあるのだろう。

シート下のヒーターの暖気に眠気を誘われている頭で自らの歳について思っているうち、越後線の電車は生まれ育った町に近づこうとしている。車窓を流れる家並みは増えたのか、減ったのか。少し変わったような気がするが、南側の遠い田んぼの広がりや、北側のすぐ間近に迫る砂丘のような畑、海風に傾(かし)いだ松の群れや、古刹の黒々とした瓦屋根などの馴染みの景色はそのままで、また何歳の自分が車窓の景色を見ているのか、分からなくなってくる。

自分は何故一〇年もの歳月をなかったものにしたのだろう。いや、大体、今そんなことを思い出していること自体が奇妙にも思える。一〇年といわず、二〇年、三〇年という年月さえ、消滅してもおかしくはない。

ひょっとして、自分はボックスシートではしゃぐ高校生の一人で、ダンス部の西田という男子か女子かの動画を見ている。「俺も、これくらいのキレッキレの動きができるかも知んねけどや、でも、いずれ、歳取って、好きな野球もスポーツもできねなって、あそこのシートに座ってる、くたびれて難儀げな男になるかも知んねえや……」と、若い高校生の私が、老いた私を見ている。

あるいは、八〇歳に近くなっていた自分が、何の目的もなく帰省して越後線に乗っている六三歳の男を、ふと妄想の狭間に紛れ込ませているのかも知れない。茫洋とした気分に呑み込まれて、現（うつつ）の引っ掛かりも突起もなく、軽く拳で額を小突いたりして、今を確かめようとしている。情けない話だ。

電車が減速して、内野駅にゆっくりと入り始めた。足元に置いたバッグを摑み、立ち上がろうとすると、腰の痛みや膝の緩みによろめきそうになっている。

――あんた、いくつになったんだろ。

――六三らわや。正真正銘。

マスクの内で独り笑い、久しぶりに内野（うちの）駅のホームに降りた。

門からのアプローチ脇には、夏に生い茂った雑草が枯れてへたっている。みっちりとひしめくタマリュウなどはまだ青々としているものだから、よけいにそこに混じった枯草がみすぼらしく見せていた。

「面倒臭ぇなあ」

自分は庭にまで広がっている枯草の群れを抜くのだろうか。しゃがみ込み、えっちらこっちらにじって進みつつ、雑草や枯草を抜いて、まとめていかなければならない。膝やら腰やらがよけいに痛くなるのは必定。ただでさえ、体のあちこちが故障だらけだというのに、その労力を考えただけで溜息が出るというものだ。

玄関に近づいて、縁側の廊下の方を見やると、障子を通して中の蛍光灯の明かりが透いている。鍵を差し込み、戸を開ければ、馴染みの灯油やら老母のにおいが鼻先をかすめた。

「ただいま」

いかにも田舎めいた広い框や廊下に自分の声が響くが、何の返事もない。足音を響かせて、客間から居間へと入ると、布団を取り外した、脚が剝き出しのままの炬燵があるだけ。老母がいつも座っていた座椅子には、自分が前に置いたのだろう、NHK受信料請求の封筒が何通か重なっていた。

母親が三年前に亡くなってから、留守の間の防犯上、居間の蛍光灯だけはいつもつけっぱなしだった。ペンダントの紐を何度か引き、明るさを強くして、床の間脇の仏壇を振り返る。

「帰りましたー」

仏壇には五三歳で逝った親父の写真と米寿祝いの時に撮った老母の写真が並んでいる。位牌も仏壇も今住んでいる鎌倉に移すべきかも知れないが、自分が頻繁に帰省すればいいだけの話だとそのままにしていた。だが、この新型コロナのしぶとい感染状況に、なかなか帰省するわけにも行かず、仕事までキャンセルするほどだったから、度々などかなわない。親が亡くなっても不孝をし続けているようなものか。

だが、今回の帰省は仕事の外せない用事があるわけでもなく、何をしに帰ってきたのかも分からない。仏壇の蠟燭と線香に火を灯して、手を合わせるだけで、もう用は済んだようにも思えた。

線香の細い煙がくゆるむこうから、老母が「馬鹿らねえ」と笑っているようで、また居間に戻って、布団もかけていない炬燵の前に腰を下ろした。

「俺は……何しに、帰ってきたんろ……」

煙草を吸う。手を洗う。また、炬燵に座る。湯を沸かす。また座る。何をしたらいいのか分からず、放心して障子戸や神棚や茶簞笥に視線をさまよわせ、また煙草に火をつける。

「馬鹿らな……意味が分からん」

自分と同世代の人間は、まだ現役で会社に勤めている者や再就職をしている者がほとんどなはずだ。平日の夕方、物好きにも用なく田舎に帰省して、実家の布団もかかっていない寒々とした炬燵の前で、呆然としている者など一人もいないだろう。

「ああッ、良し！　じゃあ、どれ一つッ！」

短く嗚咽するような声を上げて、年寄りじみた動作で立ち上がると、廊下にまた足音を響かせる。

向かったのは、生前母が使っていた部屋だった。一階の西側にある母の部屋には、ベッドはもちろん、大型の簞笥が五棹、ロッカーが一棹、三方の壁に並び、その上には私や家族が贈った、まだ着ていない、箱に入ったままの服が何十と積み重なっているのだ。

押し入れの中にも、おびただしいほどのコートやブルゾンやブラウスなどの服がかけられ、部屋の中ほどにも衣紋掛けに着古した服や小型のリュックやバッグ、ハンガー、ベルト、傘、災害用ラジオなどがぶら下がっている。漬けた梅干しでも入れるためか、大ぶりのガラス瓶が六個。段ボール箱には市から配布され、開いてもいない紙おむつが五、六パック、電磁波の治療器に扇風機、津軽三味線教室に通っていた時の楽譜台、書道用紙の束や新聞紙の山、宝生流の謡を聴くためのラジカセが二台、とうに動かない掃除機、亡き父親の着ていた服が詰め込まれた茶箱、サイレン付きの懐中電灯、非常用持ち出し袋、スリッパ……。

所狭しと置かれた物や服や段ボール箱を呆然と見回し、そのまままた静かに部屋のドアを閉じた。そして、居間に戻って、炬燵の前に座り込んだ。

何もしない。ただ座り、腕を組み、煙草を吸い、お茶を飲み、ぼんやりとする。自分の想う先は茫洋として、刻や場所にわずかな焦点すら結ばない。地元の馴染みの店に呑みに行くとか、旧友に連絡してみるとか、持ってきた文庫本の一冊でも読んでみるとかすればいいのに、何もしないということが緊急の課題にさえ思えてくるのだ。

もう寝てしまえばいいだろう……。どうせ無為にすごしているだけじゃないか。寝ろよ。だが、寝ない。

炬燵に入って座椅子に瘦せた背を預けたまま、老母は腕組みをして物思いに耽り続けるのだ。生前の母は夜中の二時になっても、三時近くになっても同じ姿勢のまま炬燵に入っていた。

「ちゃんと部屋のベッドで寝なってー。一体、何やってんでー？」

「いや、考え事」

「……考え事って、何をけ？」

「順番。あれをやって、これをやっての、順番を考えてる」

八五、六歳の老女に、「あれをやって、これをやって」と段取りを決めねばならぬ切迫した作業などあるわけもないのだが、本人は必ずそう言って、炬燵で腕組みをしているのだ。料理も風呂掃除も習い事をやることもなくなって、新聞を読むこともなくなり、またテレビはつけていても音を流しているだけで見ているわけではない。

若い頃から宵っ張りだったらしいが、同じ姿勢のまま炬燵に足を焙られながらも、じっと半眼で炬燵テーブルの上を見つめて、六時間も七時間も過ごすのである。

地元の小学校の教員を辞めてから、祖母から継いだ小さな文房具店を長い間営んで、店を畳んでも、八〇歳手前まで化学雑巾や清掃モップなどの様々な掃除用具を軽自動車で配達し続けた。さすがにガードレールに車体を擦っただの、交通標識のポールに後部をぶつけただのと聞いて、自動車免許証を無理にも取り上げたが、それからの老いは加速するばかりだった。

それまでは確かに、頭の中に三〇〇軒ほどの配達先が入っていて、モップや化学雑巾、蛇口キャップのフィルター、玄関マットなどの種類や組み合わせなどによって、効率良い配達ルートを考え、段取りしていたのであろう。その年齢まで働き続けた根性は、さすがに息子の自分でも頭が下がるというものだったが、リタイアしたのならゆっくり休んでくれ、と思うのも子供の想いではある。

要支援、要介護と認定されて昼夜逆転となった様は、ケアマネージャーから言わせれば典型的な認知症の症状であっただろうけれども、ずっと若い頃からの倣(なら)いなのだ。ただ昔は三時に寝たとしても、朝の七時には起きて、と世間から見たらかなりの睡眠不足でも元気な体であった。さすがに晩年近くになって、昼過ぎや、時には夕方近くまで寝ているようになったが。

それでも、ならば起きている間、稽古に通っていた宝生(ほうしょう)流の謡や津軽三味線の練習をするだの、新聞に目を通すだの、手紙を書く、本を読む、玄人はだしだった書道をやってみるだの、何かやれば良かろうに、とこちらは思う。だが、ただ炬燵に入って、じっと腕組みをしたまま、テーブルの一点を半眼で見つめ続けているのだ。むしろ、よほどの覚悟としぶとい忍耐を覚えてしまうほどであった。

「それは、順番を考えているんではなくてさ、ボーッとしてんだよ。だったら、寝床でそれをやればいいさ」

「布団に入ったら、寝てしまうこて」

「寝ればいいんだわや」

毎日がその繰り返しなのであったが、本人自身が、「私は一体、何もせず、どういんだろう」と漏らす有様なので、もはやこちらも呆れて、怒る気も失せてしまっていた。

夫を早くに亡くし、脇目もふらずに働いてきた女は、どこかで放心できたはずの刻を、まとめて取り戻していたのであろうか。干からびて固くなった海綿が、失った水分を回想しながらじわじわと呼び戻しているかのようにも見えた。その鳥ガラのように痩せた体躯は、ほとんど私の親不孝のせいであろうし、何も考えずにいられる穏やかな時間を奪われたのも、やはり同じく、出来の悪い息子を育てたがためであろう。

私はそれゆえに母親の入っていた炬燵なるものが大嫌いになり、いま住んでいる鎌倉の家にないのはむろん、よその家に伺って炬燵があっても、まず足先さえ入れない。何か薄暗い様々な紐帯（ちゅうたい）とつながってしまうような恐怖があるのだ。

「とにかく、炬燵でうたた寝して風邪ひかんうちに、ちゃんと布団で寝てくれやの」

そう言い続けてきたにもかかわらず、気づけば、今度は私自身が老母と同じことをやっている。もはや何もやることがなく、炬燵ではないが零時を過ぎても文机の前にただ座っているだけなのである。予定を確認するでも、独酌するでも、読書や執筆をするでもなく、ただ茫洋とした気分で机上の一点を見つめている自分がいたのだ。

「……嘘だろう……？」

夜中のいつもの過ごし方に、ようやくふと我に返り、「今、何を考えていたか」と自問すれば……。

まったく何も考えていないのである。それでも初めは仕事関係の事柄から想いは連なるのだが、やがてそれがほどけて行って、霧散していく隙間の空無の広がりに入り込んでいる。そこには点も、突起も、引っ掛かりらしきものもなくて、ただ茫洋としているのだ。何かを取り戻そうと、心の蓋を開けて虚ろな内に忍び込んでくるものを待っているわけでもない。あえて言えば、時間が過ぎていくのを体感しているだけなのだ。

――俺は一体、何をやっているのだろう……。

酒の呑み方も酔い方も、ボタンのかけ方一つにしても、何かと父に似ていると思っていたが、これはまた悪癖の芽が妙な所から出てきて、いつのまにか歪（いびつ）な花弁を広げていたのではなかろうか。

背後の仏壇の方から、「ミチッ」と小さく軋む音がして、私は目の端で暗がりを確かめてみる。「馬鹿らねえ」と、また老母のつぶやく声が聞こえてくる気がした。

翌朝の九時過ぎくらいに、チャイムが鳴った。

朝早くから、一体誰だ？　郵便配達員か、不用品回収の案内か。それとも時々キリスト教の布教活動で訪ねて来ていた者か。

玄関に向かうと、格子ガラス戸に小さな人影がゆがんで映っている。無愛想に返事をして戸を開ければ、黒いダウンコートのフードを被り、茶色のマフラーでマスクの口元を覆った高齢の女性だった。フードの陰から覗かせた目元に幾重もの皺を寄せて笑っているようだ。

「はい？　どなたで……」

「いたかね？　帰って来てたんけ？」と、内野弁がきついが、やはり笑いの混じった声が返ってきた。初め、訪ねた家でも間違えたのだろうか、と思ったが、さりげなくその老女の顔を確かめているうち、小学校から同級だった幼馴染みのカズオ、その母親だと気づいた。

「ああッ、カズオの母ちゃんらねっけ！　お久しぶりです」

頭を軽く下げているうちにも、カズオの母親は挨拶もそこそこに、「お母さん、いるけ？」と聞いてくる。地元の高齢の者たちが時候の挨拶など省くのは、昔からのことだ。だが、カズオの母親がかけてきた言葉には、どう応えていいのか分からない。

「え？　いや……」と言葉を詰まらせていると、ダウンコートのポケットの中から、膨らんだ封筒を皺だらけの手で取り出している。「お母さん、いるけ？」って……。カズオの母親は、三年前の老母の葬式にも来てくれたはずなのだ。

「毎日、散歩の途中に寄ってたんさ。昨日も、電気がついてるすけ、いるろっかと思うて……何度、チャイム鳴らしても、お母さん、寝てて、出ねんだがねえ」

柔和に目元を煙らせて笑う表情は昔と変わらない。だが、フードから覗いている白髪も、肌に刻まれた幾重もの皺も、さらに小さくなった体も、歳を取っていた。なにより、記憶や認知のあり方が朧になっている。

「いや、あれですがね。おふくろは……もう三年前に、死んだんですがね」

「何ね⁉ あんた、もーぞ、こいてるんねえかね？」

「いや、ほれ、おふくろの葬式にも来てくれたじゃないですか。その時、カズオ君も一緒で……」

ちょうどカズオが、勤めている福島の農協から出張中で、新潟に寄っていた時のことだ。老母の葬儀に二人で参列してくれたはずだ。

「……お母さん、死んだんけ？　……そうらったかねえ」

こちらは「はい……」と答えるしかなかった。

「三味線の指かけ、編んだすけ、持ってきたんだろものう」

くたびれて膨らんだ封筒を差し出してくる。中を覗くと、毛糸で編んだ小さな指かけがいくつか縮こまって入っていて、幼虫の抜け殻がわだかまっているようにも見えた。

カズオの母親と老母はよく津軽三味線の教室に一緒に行っていたから、自分で編んだ物を持って来てくれたのだろう。老母は認知症予防にと町のカルチャー教室に通い始めたが、自分はまったく駄目で、はるかにカズオのお母さんの方が上手だと言っていた。痩せた老母が重い太棹の三味線を必死に抱え、ぎこちない手つきで鼈甲(べっこう)の撥(ばち)を握っていたのを思い出す。

「指かけ、ありがたいんですが、もう、おふくろは……いないすけねえ、これは……」

「いいんだがね。いっへあるんさ、家に」

「……じゃあ、仏壇にあげさせてもらいます」と封筒を少し掲げて礼を伝えてから、「……カズオ君、時々、こっちに帰ってきてますかねえ」と何気なく聞いてみる。

「……カズオ、ら……？　ああ、おめえさんには、言わんかったかねえ。カズオは、死んだいね。とっくらわね」

「え？」と目の前に佇む老女の顔を見つめた。

もちろん、カズオがそんなことになったとは、こちらは思いもしない。独りで暮らしている老女の認知症が、あまりに進行していることに息を呑んだのだ。カズオが福島に来いと言っても、頑なに拒んで故郷から離れず、人ともあまり話さないのだろう。老母だって同じだったじゃないか。

「おめえさんは、いくつになったかねえ？」

「……は、い。六三です」

「六三け？　そんげになったかね。おーら家のカズオも、生きてればのう……」

風邪をひかないように。ちゃんとご飯を食べてください。畑仕事を無理しないように、と老いた女性に声をかけながら、門の外へと送った。ダウンコートを着て、ゴム長靴を履いた小さな後ろ姿が角を曲がるまで見送ったが、自分の母親も同じだったのではないだろうか……。

指かけの入った封筒を手にして戻ると、居間の方から「誰らった？」と声が聞こえてくる。私は封筒で自らの額を何度も叩きながら居間へと入った。座椅子に寄りかかり、炬燵に入っていた老母は言うのだろう。

「あんた、死んだんじゃねかったろっか……？」


翌日も、その次の日も、カズオの母親は同じ時間にやって来た。

「お母さん、いるけ？」と口元を覆ったマフラーを下げ、ひしゃげたマスクを膨らませて笑う。そして、ダウンコートのポケットから使い古しの封筒を取り出すのだ。

カズオの母親が帰ってから、庭横にあるガレージのシャッターを開けた。クルマのバッテリーを確かめ、走らせる。自らが何処に向かっているのかも分からず、ただアクセルを踏み続けた。「中権寺（ちゅうごんじ）」と標識の出ている所から左に折れて、田んぼに挟まれた秋桜街道を通る。弥彦と角田（かくだ）の山が地平線にうずくまって、冬枯れの始まった田んぼには点々と白いものが見えた。母の好きだった白鳥たちが近くの潟（かた）から田んぼに遊びに来て、餌をついばんでいるのだろう。

ホームセンター、中華料理のチェーン店、回転寿司、ドラッグストア、100円ショップ、自動車工場……。

道沿いに疎（まば）らに並ぶ店々の背後は茫漠とした田んぼの広がりがあるばかりだ。さらに行くと、左に矩形の頑丈そうなコンクリートの建物が見えて来る。老母が肺炎で入院し、最後に亡くなった病院。何度も通い、病室に寄るたびに重い嘆息ばかり漏らしていて、私はいつも一五分といられなかったのだ。

そこを通り過ぎて、さらにクルマを走らせる。また少しずつ家並みが見えてきて、街中に入ると、今度は母親が入所していた特養の大きな施設が目に入った。気の優しいスタッフたちが親身になって世話をしてくれたが、転倒し股関節を骨折してから車椅子を使う体になり、さらにはそこからずり落ちて頭から血を流して床に倒れていたり、誤嚥性肺炎で何度も救急搬送され……。

施設の前を通過して、まだ走り続ける。スマートフォンが振動するたびに、施設からの連絡かと身を固くし、風呂でシャワーを浴びれば電話の音と錯覚して、体が濡れたまま浴室を飛び出していたのだ。日に日に世界が分からなくなっていく老母をこちら側につなぎとめようとしつつ、私は気の休まらぬ介護生活から一秒でも逃れようとしていた。

そして、ようやくクルマを停めたのは、角田山の麓近くにある潟だった。

「ああ……！」

クルマの中で大声で溜息をつき、シートに体を投げ出して、死んだふりをする。腕も脚も放り出し、一秒一秒何も起きないという奇蹟だけに身を任せた。うっすらと目を開ければ、鉛色に凪いだ潟の水面や枯れたススキや葦の群生が見えて、そのむこうを白鳥たちがけなげな声を上げて飛翔している。

唯一、老母の介護から逃れるように訪れていた潟に、また戻って来ていた。しかも、連日のように通った施設や病院を辿るルートで。こんなことのために自分は帰省してきたのかと気づき、なんて脆く、甘い人間なのだと唾棄したくなる。地獄のように思えた介護の日々を、ようやく三年経って私は懐かしもうとしていたとしか思えない。

クルマから降りて、潟の辺りへと近づくと、水の濃いにおいがする。水面にV字の波紋を広げて寄って来る鴨や、遠く羽を広げて緩やかに滑空している白鳥の姿から、また何か思い出しそうになって、頭を振った。

ジーンズのポケットからスマートフォンを取り出して、電話帳をスクロールさせる。四回ほどの呼び出し音の後に、「どうしたんで?」と久しぶりに聞くカズオのぶっきらぼうな声が耳をこすった。

「何しった？」

「仕事らこてや」

「じゃ、切ろか」

「いいわや」

無愛想なやり取りは幼い頃からのことだ。どうにも声を聞いただけで、電話のむこうにある顔は小学生のままのカズオだった。むこうも同じことを感じているのだろう。

「どんげら、調子は？」

「だめらこてや。なんだ、おめえ、今、鎌倉らか？」

「いや、新潟。角田の近くら」

「新潟！　角田け！」

物好きにも内野よりも田舎の、潟と山とススキしかない所に何しに行ってるんだと、その声に滲んでいる。

「新潟は、仕事らんか？」

「いや、何もねえわや、仕事なんて……。カズオ……おめえ、いくつになったんだや？」

一瞬沈黙があって、「もーぞらな」と、呆れて漏らした息が耳をざらつかせる。同じに決まってるじゃないか。だが、どう通じたのか分からないが、カズオは、「へー、爺さ、らわや」と答えた。

「爺さ、らな」

「……おめえ、なんだや。どうしたんて？」

　カズオ、おまえの母ちゃんの中では、おまえは死んでるらしいぞ。たまには、新潟に帰って来たらどうら、と言おうとしていたのだが……。頭上に何かよぎった気がして目を上げると、何羽もの白鳥が音もなく舞い降りてくる。

「おう、白鳥、白鳥」

「あ？　白鳥？」

　老母の認知症がかなり進んで、季節も分からなくなった頃、施設から連れ出して、一度この潟にも来たことがあった。老母が水面を滑って集まってくる多くの白鳥に、痩せた手を伸ばしながら一心に餌をやって、まるで幼児のように嬉しそうにしていた横顔が思い浮かぶ。

「……ああ、そうら。電話したのはや、カズオの母ちゃんな、元気らなあ、思うてや」

「何？　母ちゃん？　へー、耄碌(もうろく)して、駄目らわや」

「今日や、散歩のついでら言うて、俺の家に訪ねてくれたんだわや。元気でのう」

「おうよ。ほんに、福島、来い、言うてんだけど、なにしろ、来ねなあ」

　明日もカズオの母親は三味線の指かけを持って、家に訪ねて来るに違いない。だが、それでいいのだろう。そのうち、私の家まで忘れるようになる。歳を取り、胸奥の底から様々な記憶が浮き上がり、おびただしい奇妙な波紋ができるよりも、何もなく面が凪いでくる方が幸せというものだ。

「それよりや……、おめえ、書いてるんか？」

カズオが珍しく私の仕事のことを聞いてきて、私は漣すら立たぬ潟の滑らかな水面に目をやる。

「いや……何もしねえで、ぼんやりしてる。何もら」

もう書けねえわや。書くもんもねえわや。……だが、ここから始まるのか。終わるのか。

「……ま、それも……いいわのう」

「いいろう」

結局、カズオの母親の状態は言わぬまま電話を切って、しばらく冷え枯れた潟の辺に佇んでいた。紫色の雲がほころび、葉の一枚も残っていない樹々の枝が黒く凝っている。水面が細かい影を作ったと思うと、穂の枯れたススキの群生がいっせいに傾いた。冷たい風に首をすくませて、またクルマに乗り込むと、煙草に火をつける。

母が施設に入って、季節どころか、もはや息子のことも分からないのではないかと思うほどに、反応が鈍くなってきた頃――。焦点の合わぬ目を中空にさまよわせていた母に言ったことがある。

「おふくろさ……。俺、何もしないで、ただボーッとしてんだわ。何時間も、何時間も。

……なんか、おふくろに似て来たんかな」

表情の乏しくなっていた老母であるというのに、その時だけ、にやりと笑ったのが忘れられない。

ここから、始まるのか……終わる、のか。

エンジンをかけると、冬の兆す寂(さ)びた潟をまた一瞥(いちべつ)して、静かにアクセルを踏んだ。

本書は会員制『Ｗｅｂ新小説』（春陽堂書店）の
連載原稿を加筆・修正したものです。

藤沢周（ふじさわ・しゅう）
作家。一九五九（昭和三四）年新潟県生まれ。
法政大学文学部卒業。
一九九八年『ブエノスアイレス午前零時』で
第一一九回芥川賞を受賞。
主な著書に『死亡遊戯』『サイゴン・ピックアップ』
『境界』『スミス海感傷』『オレンジ・アンド・タール』
『奇蹟のようなこと』『さだめ』『雨月』『箱崎ジャンクション』
『幻夢』『武蔵無常』『サラバンド・サラバンダ』
『世阿弥最後の花』など多数。

カバー写真　辻徹
「夕景」（1993）
Gallery NAO MASAKI
ブックデザイン　鈴木成一デザイン室

憶（おく）　藤沢周連作短編集

二〇二四年二月二十五日　初版第一刷発行
二〇二四年三月　五　日　初版第二刷発行

著者　藤沢周
発行者　伊藤良則
発行所　株式会社 春陽堂書店
〒一〇四－〇〇六一
東京都中央区銀座三－一〇－九 KEC銀座ビル
電話〇三－六二六四－〇八五五
https://www.shunyodo.co.jp/
印刷・製本　中央精版印刷株式会社

ISBN978-4-394-90473-1 C0093